U1000034

[日] 夏川草介 著

神之病历 Ⅱ

赵江 译

人民文学出版社

著作权合同登记：图字 01-2011-4423 号

夏川草介
神様のカルテ2

神様のカルテ2 by Sosuke Natsukawa
© 2010 Sosuke Natsukawa
All rights reserved
Original Japanese edition published in 2010 by
Shogakukan Inc., Tokyo
Chinese translation rights in China (excluding Hong Kong, Macao and Taiwan) arranged with Shogakukan Inc.
through Shanghai Viz Communication Inc.

图书在版编目(CIP)数据

神之病历. 2/(日)夏川草介著；赵江译. —北京：人民文学出版社，2012
ISBN 978-7-02-009408-0

Ⅰ. ①神… Ⅱ. ①夏… ②赵… Ⅲ. ①长篇小说-日本-现代 Ⅳ. ①I313.45

中国版本图书馆 CIP 数据核字(2012)第 174172 号

责任编辑：陈　旻
特约策划：李　殷
封面设计：董红红

出版发行 人民文学出版社
社　　址 北京市朝内大街 166 号
邮政编码 100705
网　　址 http://www.rw-cn.com
印　　制 山东德州新华印务有限责任公司
经　　销 全国新华书店等
字　　数 180 千字
开　　本 890×1240 毫米 1/32
印　　张 9
插　　页 2
版　　次 2012 年 9 月北京第 1 版
印　　次 2012 年 9 月第 1 次印刷
书　　号 978-7-02-009408-0
定　　价 28.00 元

目 录

序言

信州有一个自古以来被称作“王之顶”的地方。

那是指海拔二千零三十四米，横跨松本、上田、长和三个地区的雄伟山岳，正式的名称是“御王顶”。不知古人把山峰命名为“御王顶”的时候究竟是抱着怎样一种心情，是畏惧还是憧憬？不论是哪一种，提起这个名字的人，举头仰望覆盖着皑皑白雪、峭立长空的巨山，心中一定充满了不同寻常的感情。现在一般把这个地方称作美原高原，虽然时髦却多少有些乏味。不过，高入云际的壮丽山脊和古代没有丝毫变化，依旧睥睨着松本平原。

到了冬天，就是在松本市内，也可以领略到这座被白雪严严实实地埋到半山腰的巨大山峰的雄姿。

三月上旬，在刺骨寒风包裹着的松本车站的站台上，我呼着白色的哈气，眯起眼睛眺望着这壮丽的山峰。

面对着信州丰富的自然景观，心中忽然涌出一句名言：

“命运是由上帝安排的，人只需做好该做的事即可。”

这是著名文豪夏目漱石在社会发生日新月异变革的明治时期，一个人默默写下的文字。

我叫栗原一止，是一个将这类名言铭刻在心，通读那些名著，说话腔调都带有古风的孤傲青年。

本来，不管说话腔调如何，本质还是纯净的现代人。看上去像是故作清高，实际上不过是个不善于与人交往又不够灵活的半大青年。当然和尊敬的漱石先生没有任何关系，平日的职责只是奔走于松本平原的一个普通内科医生。

刚刚过了桃花节[①]的时候。

相当于年度末的这个时节[②]，对于社会上的人们来说是非常繁忙的时期，但对于医疗机构而言，冬季寒流产生的大量肺炎患者的就诊终于告一段落，是可以稍微喘口气的时期。

我工作的本庄医院也不例外。对于这家挂着“二十四小时、三百六十五天看诊”这样无聊的招牌、全年无休的地方医院来说，恰是非常宝贵的时期。

就在这个时候，我意外地得到了两天休假。

这是我的指导医师——内科部长大狸先生，对我做出的四月以后继续留在本庄医院工作的决定而送给我的小小礼物。一旦跨入新年度，会有对工作还不熟悉的新人加入进来，不可能有休息的机会。于是，我把自己负责的三十名患者拜托给了大狸先生，愉快地接受了幸

---

① 译者注：三月三日，又称女儿节。

② 译者注：文中所指的时节为日本特有，日本会计年度为每年四月开始。

福的两天假期。

当大夫之后整整五年时间，第一次得到正经八百的休假。

去美原高原吧！爱妻阿榛这样跟我说。

“美原？现在还是冬天啊！”

我有些困惑地问道，可老婆却笑呵呵的。

“有些东西只有在冬天才能看到。”

夏天的时候，美原高原非常热闹，高原美术馆等很多设施里，挤满了观光客人。可一到冬天，由于积雪的缘故，包括从国道到观光设施的联系通道都禁止一般车辆进入。寒冬季节气温会降到零下二十度以下，积雪很厚，是极其寒冷的地方。作为山岳摄影师奔波于世界各地的老婆大概不觉得怎样，对我这个常年在空调完备的医院里度过的人来说，不认为那里是容易去的地方。

“我跟阿榛不一样，只是个普通人。要说登过的山，好像只有京都的岚山。去冬季的美原……”

“岚山根本算不上山！”

“开玩笑的。不过，怎么说我也不是能在冬天里登上两千米以上高山的人啊！”

“能让你登上去，正是王之顶酒店的特别之处。在那里有特别想让阿一看的景色。”

还真不知道，位于美原山顶上的王之顶酒店冬天也照常营业。还有我不知道的事情：如果参加特别的旅游团，会有专车从山上下来，到松本市内把观光客人接到那个极为寒冷的地方去。据说积雪过厚的时候，接客人的车辆在中途要换成履带式的雪上车。

我仍是半信半疑。虽然在医院里我也可以算作独当一面的内科医生，可迈出医院一步，从常识到教养，远远不及老婆。这次好不容易才得到的两天休假就全权委托给老婆吧。

这样，周六一早，我们意气昂扬地从松本车站乘上了来接客人的巴士。

巴士本身并没有什么特别，不过是车身稍高一些，可是，车顶上厚厚的积雪和车身上四处可见附着的冰凌，暗示着我们要去的地方是另一个世界。

驶过市内的街道，在山路上摇晃了两个小时，再穿过落叶松林，让过一群像是还没睡醒般的鹿，眺望着西侧渐渐显现出全貌的北阿尔卑斯山的山脊，终于到达了冬季晴空下一片银色的美原高原。

时间恰好是中午，刚用过带来的简单午饭，老婆就赶紧拿来雪地靴邀我去雪原。

踩在松软的雪上的感触让我感到惊奇。

我在雪地上胡乱走了几步，积雪温柔地接受了我的双脚，简直感觉不出雪的深度。接着，在这广阔的雪原中向前走去，困惑变成了兴奋，我转身看看追上来的老婆。

“这就是叫作雪地靴的东西？”

“是啊。”

老婆微笑着点了点头。

穿着天蓝色滑雪服的老婆，摘下墨镜，在我脚边蹲了下来，确认了一下雪地靴上的带扣。

“没事，固定得很好。”

“哦。”

我很大度地点了点头，心里兴奋得不得了。

回头一看，像是铺满崭新白纸一般的雪地上，只留着我和老婆走过的足迹。大约二十分钟前刚刚离开的酒店的红色屋顶，在白色地平线的远方隐约显现。

我感到十分惊奇。

在这新雪上，要是穿普通的鞋，很容易陷进去，可一穿上雪地靴，可以轻松地在雪面上行走，宛如云中漫步一般，有种不可思议的感觉。

“阿一，这是第一次吧，怎么样？”

“嗯。鞋子不错，对膝盖很好。”

“不许这样说，跟上岁数人说的似的。”

老婆微笑着，从胸前的口袋里取出小小的地图，再拿起挂在腰间的指南针开始确认方位。

“不用那么认真吧，阿榛，还能看见酒店呢。”

我说着回过头去一看，大吃一惊。刚才还可以看到酒店屋顶的方向已经蒙上一层白茫茫的雾气，别说屋顶了，连山地的轮廓都看不到了。紧接着，四面八方都仿佛被白云所遮挡，失去了所有的方向感，我顿时无语。

“雪山上经常有几秒钟之间被浓雾笼罩、失去视野的事。而且穿雪地靴走的并不是道路，走到稍有些低洼的地方再有雾的话，一下子就会迷失方向。”

“那不是有些恐怖吗？”

“预先不做好充分准备的话，是挺恐怖的。”

看到在确认地图的老婆一副沉稳的样子，我心里也踏实多了。

“阿榛了不起啊！”

“没什么了不起的，跟阿一不管遇到什么样的患者都能沉着应对一样。”

“我可是什么时候都捏着一把冷汗呀！”

我一边苦笑着回答她，又慢慢走了起来。踩在松软雪地上的感触和嘎吱嘎吱的声响令人心情舒畅。我一边往前走，一边环视着四周。

世界真是神秘！

刚刚还被浓雾所包裹，转瞬间视野又开阔起来，前方显现出白色闪亮的山丘，像是被雪掩埋的落叶松林，刹那间又被冒出来的云遮掩。阳光一旦被遮住，刺骨的寒气立即渗入体内，像是要夺走我这虚弱身体中宝贵的体温。在这千变万化的景色中，觉得今早在“御岳庄”我家的暖炉中的感受简直像梦境一般。

目光被周围绝妙的景致夺走，不由停下了脚步。马上就感到寒气悄悄地从脚底侵入身体。本来做了很充分的防寒准备，可空气与其说是冷，不如说是伴随着疼痛的攻击，连呼吸的鼻子都像是被冻住一样。

在寒风中哆嗦着，我心中涌现出的，是一股超越感动和恐怖的感情湍流。应该说是一种对平日生活中忘得一干二净的、未知的大自然的畏惧心理。

我不知道什么时候停在雪原中，在我几步之前的老婆觉得奇怪回过头来。

“阿一？”

听到叫声，我还没有完全从陶醉中醒来。

“不用担心，只是有些激动。”

老婆微笑着点了点头。

“海拔两千米吗？这里。”

“是的。这里就是冬季的美原高原。”

老婆清脆的声音在雪地上慢慢蔓延开来。

从王之顶酒店正门出来大约走了一个小时，回头望去根本看不到酒店屋顶的时候，走在前面的老婆说：“休息一下！”停下了脚步。

转过身的她，既没有擦汗的动作，呼吸也没有丝毫异常。到底是攀登过勃朗峰和麦金利峰的山岳摄影师，就是不一样！按理说我也是整年里都在医院里跑来跑去的，却早就气喘吁吁了。

“要紧吗？阿一。”

老婆像是有些担心。

“没事。还要走很远吗？”我硬撑着高声回答。

“还有二十分钟左右。不过，要是受不了的话，回去也行。”

“没关系。阿榛说过有想让我看的景色，都走到这里了，再回去多可惜。”

我拍着胸脯说道。老婆把水壶递给了我，我喝了一口，吃惊地睁大眼睛。

“这不是咖啡吗？”

原以为水壶里装的是茶水，可现在口中蔓延开来的是深煎咖啡的香气。

“是的。在雪山上喝热的咖啡别有风味吧？”

“真是别有风味。”

我在为这些小事一喜一忧的时候，老婆在身旁又熟练地确认了一下雪地靴上的带扣，用地图和指南针确认了方位，再抬头看看云和太阳推测天气变化。所有的动作都显得那么干练、到位。

我们继续走了起来。越过两个白色的山丘，又穿过被白雪覆盖了大半枝叶的落叶松林，视野一下子开阔了。

一瞬间眯起眼睛，并不是因为光亮，而是突然眼前什么都没有了，失去了要看的对象。

“王之鼻到了。”

听到老婆稳重的声音，我呆呆地站住，再次眺望着前方。

我和老婆站的地方是一个探到半空中的断崖。除了背后刚刚穿过的落叶松林，三个方向都没有任何遮住视线的东西。遥远的前方，云海的对面，可以看到连绵不断的雄伟山峰。辽阔的山岭上积满白雪，仿佛是地平线一般将世界分为上下两个部分。

“是冬季的北阿尔卑斯山脉。”

听到老婆清脆的声音。

既像是巨大的墙壁，又像是支撑世界的长城。被染成白色的巨大山脉的山脊，显现出不规则的凹凸，然而总体上仍是坚定地向左右两个方向延伸开来。

老婆伸出右手，开始描画连绵不断的山峰。

“那个最深处白色的地方是乘鞍岳，它右侧稍离开一点突出来的是枪岳。”

的确，用枪来形容很合适。看上去它确实像枪尖一样突出于山脊。

老婆的声音在积雪的大地上扩散开去。

“往右是老爷岳，老爷岳的右侧可以看到两个像猫耳朵似的隆起是鹿岛枪，然后三个连在一起的是白马三山……”

“常念岳在哪里呢？”

“常念岳在阿尔卑斯山脊线之下，到了这么高的地方，反而不容易看出来了。那个枪岳右下方三角形的就是。”

也许是心理作用，老婆的声音听起来那么生机勃勃，大概是因为真的非常喜欢山。那个纤细的手这次指向右侧远方。

“那个在云的缝隙中隐约可见白色的地方是妙高，它的对面就是日本海啊。”

“还能看到妙高吗？”

“是的。”

说着，老婆转过头来。这次指着正相反的左后方。

“那边连在一起的是八岳，挨着它左侧可以模糊地看到富士山。”

我吃惊地瞪大了眼睛，果然在那不规则的山脊线的旁边，可以隐约看到常在明信片上出现的日本第一名山。

我忘记了寒冷，只是入神地看着这全景图画。二百七十度的视野里，坐落着一个个威严庄重的山峰，将我们围在当中。

突然，我发现在乘鞍岳左侧的云间，有座与周围明显不同毅然挺立的高峰。

“阿榛，那座是什么山？”

像是知道我要问似的，老婆马上答道：“是御岳山。”

“那个就是……”

跟自己原来的想象相当不同，我吃了一惊。

就像从连绵起伏的木曾山脉中冒出个头来一样，在云间傲然俯视着整个木曾山脉，有种与众不同的存在感，简直就像是统领中央阿尔卑斯众山之王，被称作御岳山真是恰当。

“御岳山，海拔三千米的独立山峰。要是从木曾路上看，因为被其他山峰包围反而看不到全貌，这样离开些距离看，才能感觉到它的魄力。”

我沉默着点了点头。

虽然去过几次木曾医院了，可就像俗话说灯下黑一样，在木曾山里不能直接看到御岳山，所以不容易理解御岳信仰的缘由。可是这样从远处眺望，的确是座货真价实的神山。

“是我非常喜欢的山，最喜欢的就是从冬天的美原高原看过去的御岳山。”

“阿榛说想让我看的就是这个景色吧？”

“是的。”

碰巧我们住的地方名字就叫作“御岳庄”，可一次也没看到过它的本来面目。现在才感觉到在信州说起“御岳”来，好像不单单指一座山，而是含有神山的意思。

老婆还在眯着眼睛眺望着御岳山。

“夏天来的话，因为有雾气遮掩，几乎看不到御岳的样子。而冬天里来到这个地方又非常费事。”

说着，从登山包中取出一把小铲子，用它扒开脚下的雪。

“可是，过去的人都是徒步登到这里来参拜的。”

老婆这样说着，抬起头来。从她在雪地上挖的洞中，可以看到几个像是小庙般的东西。

“是御岳信仰的寺庙。”

我不由发出感叹声。寺庙中安放着小小的石佛，全都朝着御岳山的方向。

看到老婆站起身来，静静地朝着御岳山双手合十，我也模仿她做了同样的动作。

我沉思了片刻抬起头来，看到老婆还是合着双手的姿势。又过了一会儿，才抬起头来。

“祈求了什么呢？”

我装作若无其事地问道。老婆忍不住笑了起来。

“各种各样的事情。”

“到底是什么呀？”

“不过，最重要的，是能够永远跟阿一在一起。”

“不祈祷，不是也在一起吗？”

“不，总是担心。”

老婆的眼睛中有种沉重又认真的神情。

“阿一决定四月以后仍然留在本庄医院。已经五年了，一直专心致志地工作，虽然有去大学附属医院的机会，可还是选择了继续在这里工作。”

这是事实。

去年底，我对于今后的路万分烦恼之后，还是决定留在本庄医院。

并非对这个选择拥有自信或是确信。去大学工作这样的事情要在别人也许从一开始就不会犹豫。我只是不愿意丢下如同建在沙土上的楼阁一般的地方医疗，去攀登那白色的巨塔而已。

对于我选择的人生道路，阿榛不会不担心。我可能并没有察觉到这一点。

“对不起了，阿榛。”

“不，阿一没必要道歉。从来都是这样的阿一在激励着我。”老婆望着远处的御岳山接着说，“登山感到很辛苦的时候，我总是想起阿一的事情。很难前进的时候，会想起阿一现在也在拼命地攀登着险峻的山峰。于是，不知怎么会突然增加了勇气，步伐也变得轻了。”

说着，老婆把手放在胸前闭上眼睛，沉默了片刻，过了一会儿抬起头来："只要是阿一选择的路，我也会跟着一起走的。只是走累了的时候，一定要停下来休息一下。再就是请不要忘记，不管什么时候我都会紧紧跟在你身后。这是我们在御岳山神前的约定。"

声音中有种平日没有的坚定，像是她的肺腑之言。

我静静地点了点头。一下子就明白了。

阿榛一定是想把她的这些想法转达给我，特意把我带到这个地方来的。对着总是她一个人祈求的山神，两个人凑到一起来祈祷。

阿榛确实有这种过于认真的诚恳。

我又一次，这次是深深地点了点头。

老婆微微一笑，然后看了一下表。

"那么，我们回去吧，阿一。"

"这就回去吗？才两点啊，不用那么急吧。"

"不，在冬天的山里，三点以前要返回住宿的地方。接近傍晚气温会一下子下降很多。耽误了是会要命的。"

猛地把我拽回到了现实。

这里是冬天的山里。就像患者要尊重大夫的处方一样，我也只能服从老婆的指示。

我再次回头看了看远处的御岳山，然后把视线返回到老婆身上。

老婆从口袋里取出指南针，开始沉稳地确认方位。这么娇小的身躯，究竟哪里藏着这样的体力和胆量呢？总是让人觉得惊叹。可是，绝不外露的内心还是有各种各样的不安吧？她把这些感情隐藏在最大限度的温情之中，站在那里。

“阿榛！”

听到我的声音，老婆有些奇怪地回过头来。

“御岳山不是有缆车吗？”

“是的。”

“夏天到来的话，一起登上去看看！借助机械的力量，也许我这双脚也能上去。”

老婆有些吃惊般地睁大了眼睛，然后高兴地点着头。

第一章　红梅记

到了四月。

年度变了，大概总会有些变化的事吧？我并非坠入到这毫无根据的乐观主义之中，可结果还是远远超出了我这个谦虚的人的预想，现实中没有丝毫变化。

我依然作为一个敦厚诚实的内科大夫没日没夜地工作着，本庄医院也还是不论门诊还是病房，不分白天还是黑夜，始终保持满员状态的繁盛景象。

不管生意怎样兴隆，好像也没有摘下门口那块写着“二十四小时、三百六十五天看诊”招牌的意思。即使是草木皆眠的深夜，那个红色的灯光也耀眼地映照着街上。恶劣的工作环境还在日益恶化，削减自己寿命工作着的医护人员已经快要没有可削减的部分了，幽灵一般在医院里徘徊。

所以说虽然年度变了，状况却没有任何改变。被睡眠不足外加低血糖所缠身，还要踢开蔓延到了脚下的不合理和束缚，每天来到被称作医院的魔鬼岛[1]工作着。

“栗原大夫，急救车五分钟后到！”

年轻护士响亮的声音一直传到诊疗室。我轻轻地把手放到额头上，觉得稍微有些偏头疼。

看了一眼时钟，夜里十一点。这是今晚来的第三辆急救车。

从傍晚五点半开始到急诊值班，已经看了二十个人，可候诊室里的嘈杂声丝毫没有减弱，身旁堆积着的病历也还在一个劲儿地增高。从现在到早晨还有十个小时，已经是一筹莫展的急诊处里，主管夜班的神好像并没有打算放下手中爱的鞭子。

我心里发着牢骚，眼睛瞪着窗外的那个发出红光的招牌，可我这单薄的内科大夫的目光并不能使它熄灭。我放弃了无效的努力，招呼第二十一个患者进来。

进来的是个穿西服的年轻人，像是下班后顺便到急诊处来的样子。

“啊？”

听了他说的话，我不由发出不合拍的声音来，赶紧装作咳嗽蒙混过去。

“对不起，刚才你说什么？”

“想要点治花粉症的眼药。马上就要到花粉症的季节了，我想预

---

① 译者注：日本神话故事中鬼怪居住的海岛。

先准备着。”

他在椅子上盘起腿说道，一副和颜悦色的神情。

我又确认了一下挂钟，没错，就是十一点。要是需要补充说明的话，不是白天的十一点，而是夜里十一点。走出诊疗室看看，候诊室里满是等候的患者，这样的情况下居然会堂而皇之地来要治疗花粉症的眼药，我真佩服他的气魄。

“无聊！”

一不留神在电子病历上打了出来，又慌忙删掉，改成“眼药处方”。旁边，年轻人像是想起什么突然啪地拍了一下手。

“一瓶的话马上就用完了，能不能开两瓶呢？是叫咽泰眼药水吧。”

“这里是急救门诊，只能给一瓶。”

“别说那么小气的话，我也忙得难得来一次医院。就给开两瓶吧……”

“我说了，只能给一瓶。”

我恶狠狠地瞪了他一眼，年轻人终于不说话了。

最近这样的患者增多了。

半夜里来急救门诊，在那些肚子剧痛、呼吸困难的患者身旁，坦然地提出要个膏药，或是要求测一下胆固醇，真令人难以置信。像是不理解急救门诊的前两个文字。

要是跟这些人说明“急救”的意思，他们立刻就会说出“医疗不也是服务业吗？”这样让具有一般常识的人感到吃惊的话。可是与其跟他们辩论，还不如什么也不说赶紧拿出药来打发他们走，别让其他患者等着。这是我总结出来的结论。

在往眼药水的处方笺上盖章的时候,隐约听到急救车警笛的响声。赶紧把有些不满的年轻人从诊疗室赶了出去，返回医护人员办公室。

急诊处的外村护士长，脸上流露出苦笑，正在等着我。

“真是典型的‘便利店就诊’啊，大夫的忍耐力让人钦佩。”

“漂亮能干的护士长都感动的话，还有努力的价值。”

“行啦，再夸患者的数量也不会减少。”

外村苦笑着又递过来新患者的病历。

外村是在本庄医院工作了很久的资深护理师，只要有她在，工作效率就可以提高一倍。

“最近，不管是半夜里还是凌晨，来看病的这样的人增加了很多，大家都觉得为难。前不久，连值班的部长先生都把人骂走了。”

“我还没有那么大的能耐。打算暂且体验一下比便利店店员更加和蔼待客的态度。”

一边说着大话，一边看了一眼递过来的病历，是刚好运进门来的急救患者的。

“六十二岁，男性。酒精性肝硬化病变，是以前在本院看病的患者。”

耳朵听着外村的介绍，眼睛看着急救队传来的信息，嘴里叹气道，这下好了！

“是那种‘又喝上了’的事情吧？”

“正是。说是从傍晚就开始喝，中途觉得不适吐了起来，像是看到混有血，吓了一跳，赶紧叫了急救车。”

稍微有点泄气。不得不连夜工作，可深夜里诊疗的对象不是花粉症患者就是酒精中毒者，这世间也真是完了。

瞥了一眼入口处，停在那里的急救车正在把担架卸下来。

“哦，栗原大夫，今天见了好几面啦。”

随着声音走进来的正值壮年的大汉，是松本平原广域消防队的后藤队长。今年四十多岁，是急救队里年龄最大、拥有相当经验和实力、值得信赖的人物。

“来来回回地跑，您辛苦了，后藤先生。”

“六个小时里第三趟了。到底还是‘招人的栗原’啊，到了新年度依然健在。”

后藤队长嘴角露出苦涩的微笑，又加上后面一句。

我不由皱起眉头，身旁的外村护士长拼命忍住笑。

本庄医院急诊处里有“招人的栗原”这样无聊的说法。是说我值班的夜里，患者是平常的一点五倍。没有任何科学根据，可又是统计上的事实，想反驳也无法反驳。比别人多干一倍，反而落下这样的闲话，真让人生气。

“只是健在就得到你的评价，真让我无限感慨！”

正在跟他斗嘴，突然入口处传来尖叫声。

叫喊的是推着担架的年轻急救队员。担架上的患者突然大量吐血。像是有人把一桶番茄汁洒到地上一样，遍地都是令人眼晕的鲜血。

连候诊室里的患者们都骚动起来。

“大夫！”

听到嘶哑的喊叫声，同时，我已迈出了脚步。

“送红色一号病床！”

我一喊，外村马上做出反应。

“红色一号，送去吐血的患者，来帮帮忙！”

“确保两腕乳酸林格液点滴，优先保证呼吸通畅、确认血压！”

本想扯开嗓门大声喊叫，却发不出大声来，大概是疲劳的缘故，再加上有一半的护士是四月份刚刚进来的新人，指望不上她们麻利又周到的操作。多亏了外村护士长和后藤队长快速准确的行动，从患者的搬运到处置才得以顺利完成。这种时候，有经验丰富的老手在场真让人心里踏实多了。

外村一边确认点滴的情况一边苦笑着说：“今天也打算让我们熬个通宵吗？大夫。”

“不是说‘招人的栗原’依然健在吗。”几乎是自暴自弃地回应着，然后提高了嘶哑的声音，“抽空做血液检查、血液气体、心电图、X光检查。预先准备好气囊填塞止血的三腔管。”

漫长的一天结束了，更加漫长的夜晚又开始了。

梅花开了。

朱红艳丽的红梅。

从医疗部的窗子俯视医院背后的河边，可以看到一棵威严典雅的老梅树，现在依然茂盛，鲜艳的红色点缀在伸展的树枝上。绚丽的色彩在清晨淡淡的阳光沐浴下闪烁着光泽，微风吹过轻微拂动，仿佛梦幻一般。

虽说到了四月，可信州还有些寒冷。若是在大阪或东京，早已是樱花盛开的季节，而在信州，刚刚迎来了梅花开始凋谢的时节。白天里天气还算宜人，夜晚到黎明依然相当寒冷。即将逝去的冬将军，专心地驱使着雪和霜，施展着最后的疯狂。

我眺望着东方天空中慢慢显现出轮廓的美原高原的山脊，深深地叹了口气。

结果昨天夜里的值班一直到凌晨五点患者没有断过，像是“招人的栗原”的本领得到了充分发挥。外村护士长开始时脸上还挂着苦笑东奔西走，接近早晨的时候连笑的力气也没有了，一脸认真地说:“大夫，差不多就行了！”当然，我就是满怀虔诚地祈求主管值班的神，急救车的次数也不会减少。

天快亮的时候打算在沙发上小睡一会儿，可疲惫过了头的脑袋反倒清醒起来睡不着，这才利用这段奇妙的空闲时间欣赏红梅和美原高原。

医疗部里有一套旧沙发放在屋子中间，除了这个就是靠着墙排列着电子病历用的电脑终端。早上七点这个时候没有其他人，空荡荡的房间里冷飕飕的。

到上午的门诊开始时间还有一个半小时，正在想做点什么好，医疗部的门一下子开了。

我转过头一看，有些仓惶失措，进来的是我的指导医生大狸先生。

“噢，阿栗，早上好！”

一看到我，他像往常一样满面笑容扬起了那只硕大的手。

“几天没见，身体好吗？阿栗。”

“您看像是好的样子吗？先生。”

我转过因彻夜加班有些发青的脸，大狸先生却不知什么时候把脸转向窗外。

“啊，梅花开了，真不错！”

他不慌不忙地转变了话题。一看形势不好毫不犹豫转变话题是这位先生的特长。

大狸先生是本庄医院内科部长，是位很了不起的大夫。对我来说，从进修医生的时候起他就是我的指导医师。他经常砰砰地拍着他那大大的肚子露出满面笑容，给患者带来好感，不论怎样的逆境也能凭借自己的手腕化险为夷。是个从诊疗到指导各个方面都能大显身手的大妖怪……不、不，大先生。

“怎么啦？这么一大早……”

“哦，有点琐事。要带新任的医生在院内看看。”

“新任？”

“是的。从四月一日开始要增加一个人。对了，阿栗在正好！”说着，回头朝着门口说，“可以进来了。”随着他那粗嗓音露面的，是一个身穿得体的藏青色西服的青年人。

“进藤辰也大夫，从今年四月到我院赴任的新战斗力。是曾在东京有名的医院中专攻血液内科的精英啊！”

随着大狸先生的声音，青年大夫郑重地低头致意。抬起头来的一瞬，一下子睁大了他那双闪烁着理性光芒的眼睛。

“这位是栗原大夫，是一手支撑着我院住院病房的内科主力，也是受漱石先生影响颇深的怪人内科大夫，技术和坦率都很出名。要是有什么为难的事跟他商量的话，会拼命为你解决的。”

像是要压住大狸先生那费解的介绍一样，青年嘟囔了一句。

“这不是栗原吗？”

“阿辰，好久没见！”

我回答着，皱起了眉头，绝不是对眼前的青年人有什么反感，而是彻夜未眠的头痛得更加厉害了。

“真让人吃惊，栗原。没想到你还坚守在这里呢！”

话虽说得没错，可我还是在沉稳地说着话的老朋友面前，慢慢地从口袋里取出头疼药，一下吃了两片。

“毕业后不进医疗部而到本庄医院就职，只是这一点就让人相当担心。志向还是没有改变，到底是栗原啊！”

“你真会说话。只是被只大狐狸骗了，错过了辞职的机会。”

“大狐狸？”辰也露出不解的神情。

我摇了下头：“不，没什么。”

话中提到的大狸先生，在知道我和辰也是故知的瞬间，就摆了摆手，说了句“那么，拜托了”，不知了去向。剩下的只是身穿西服、气质很好的血液内科医生，还有我这个吃了两倍剂量的头痛药、刚刚结束彻夜加班的消化内科大夫。

“不管怎样，真是好久没见了。是不是毕业后就没有见过？”

“是啊。已经五年了。”

说这话的样子好像不算什么大事，可心里还是觉得震惊。

进藤辰也对于我来说，是学生时代为数不多的好友之一。

他是松本城附近的一家老字号荞麦面馆的独生子。素来就很努力，待人也很绅士，而且头脑清晰，是个模范的学生。和我这个整天拿了本《草枕》，在校园里晃来晃去的“怪人栗原”成为鲜明的对照。

这样一对有着明显差异的人却不知怎么结为好友，一起度过了学生时代的很多时光，只能说是一种奇怪的缘分。毕业后，我们分道扬镳，我进了信州的一家地方医院，辰也则进了东京的一家著名医院。今天又走到一起，像是要填补时间上的空白，心中突然充满了对过去的怀念。

“哪怕事先说上一句也好，要返回信州。这样的突然袭击，可不像你的作风啊！”

“对不起！根本没想到你现在还在本庄医院奋斗呢。我还大吃一惊呢！”

看上去他没怎么吃惊，还是过去那样沉稳，脸上浮现出给人好感的笑容。像是只有我一个人有被人戏弄的感觉。

“不管世上手机啦、电子邮件啦这样的东西多么发达，没事的话也派不上用场啊！真是典型的事例。”

“对了！栗原，你给我打电话那是哪一年呢？”

“进修医生的研修结束后大概一年左右吧，现在说起来是三年前。正好是你的孩子出生的时候。”

我回答着，指了一下沙发：“坐吧。”

“以医学系第一名的成绩毕业，又得到东京著名医院进修医生的职位离开了信州，怎么会到这个地方来呢？我还以为你现在在什么地方当上内科主任医师了呢。”

“有各种各样的情况啊。”

辰也脸上的微笑变成了苦笑，轻轻耸了耸肩膀。

看来是有什么原因。老友不愿多说，我也不多问了。毕竟是老朋友，对人家不想说的事情问这问那，对不起友情。

“好吧，好不容易重逢，刨根问底没意思。不管怎样，欢迎老友凯旋。”

“也没什么出息只身返回老家来，也就是你，能说成凯旋。”

“出息？傻瓜！这世上要是有出息了，只是增加了责任和义务。把官衔、头衔之类的统统扔掉，做个普通人最好！”

听到我的话，辰也眼睛睁大了些，然后高兴地笑了起来。

“到底还是栗原啊，一点没变。”

说着高声笑了起来。像是医疗部里吹过一阵和本庄医院不相称的凉爽的风。

我依然有些愤然地准备着两个人的咖啡，辰也突然竖起右手的食指和中指，做出下棋的姿势。

“栗原，跟你一说话，又想再来一局了。怎么样，时隔六年的再战。”

我稍微皱了一下眉头。

学生时代，我们都是将棋部的成员。

“是不是不想跟我下了呢？”

“我还没那么小心眼吧。”我瞅了他一眼，拿起沸腾了的水壶，继续说道，“真想看看在六年来一味潜心研究的我面前，认输了的阿辰的样子啊！”

辰也微笑了一下，突然压低声音：“……发挥才智，则锋芒毕露；凭借感情，则流于世俗。”

“坚持己见，则孤独无友。总之，人世难居……你还真记着啊！”

“每次我们下棋时你都会从头背诵《草枕》，想忘也忘不掉啊。只是，在我们那一代将棋部解散了实在遗憾。”

“没办法。将棋部本来就是硬把一帮不热心的人凑到一起的，实际参加活动的成员不就只是你我嘛。”

要说器具，就是一个缺了角的将棋盘，而且没有专用的场所，对局从来都是靠占据医学系学生食堂大厅一侧的沙发进行的。有时会有路过的学生感兴趣凑过来看看，可没有一个希望加入将棋部的。也许这是理所当然的事。

“想起来令人怀念啊！好像是一共下过五百二十盘，五百一十九胜。”

“胜者是我啊！”

“知道！”

我在桌上摆上两个咖啡杯，然后拿起一个，举到眼前。

“不管怎样，衷心欢迎老朋友的到来，阿辰。”

轻轻碰击了一下另一只杯子，又加上一句口头禅。

“欢迎来到医疗的底层！”

虽说值班这天夜里只睡了两小时，第二天也不能休息。

值夜班最可怕的，就是第二天还要从早上开始跟平日一样上班。下夜班的医师，目送着值夜班的技师和护士们带着完成工作后的兴奋神情回家去，又要迎来新一天的工作。

真是胡来的制度。这世上的医院里夜间急诊的大多数，都是建立在这样超越常规的夜班制度上的。到了现在，仍没有听说过要废止这个制度、医生也实行两班倒的打算。世上那些宣扬常识和良知的有识之士，不知怎么对这个医疗问题视而不见，看来还难以改变。

特别是最近，因通宵加班睡眠不足稍微出点差错，立即就会成为诉讼的对象，就是这样一个世道。真让人觉得好像世上的人都在虎视眈眈地要拿医生作祭礼。医院方面也只好想自己的对策，什么同意书啦、承诺书啦，各种各样的文件让患者家属签字，以此来保护医生。这就是现状。

这样，医生与患者之间，只是在堆砌着小山一般的无情的文件，相互接近变得更为困难。

真是无可救药……心里这样嘟囔着，一下子醒了。

抬起头来，是在医疗部的一角，眼前是电子病历。

像是不知不觉中趴在键盘上睡着了。仔细一看，显示器上排列着莫名其妙的字母，足有好几页长。大概是头压在键盘上的结果。我咂了下嘴赶紧删掉，抬头看了一下挂钟。

晚上九点。

完成了一天的工作返回到医疗部来，应该是八点左右。像是那时候打开电子病历，然后就失去了意识。这个时间的医疗部里，没有人会照料趴在键盘上睡着的内科医生。

“脸色很不好啊，不要紧吗？栗原大夫。”

猛地听到身旁有气无力的说话声，我吓得快要跳起来。

扭头一看，不知什么时候，左侧坐着一位面色发青的瘦瘦的医师。

“没必要那么吃惊吧。”

没有一点血色的脸上浮现出温和的笑容，正是内科副部长古狐先生。

“还是老样子，一点也没有察觉到您在。”

“刚值完夜班吗？一副筋疲力尽的样子。”

比任何人都显得失魂落魄的古狐先生，一边飘然地打着电子病历一边说道。

“外村告诉我，六台急救车外加三十六名急诊患者。如果是新年或盂兰盆节，其他医院都休息只有本庄开着时候发生这样的情况，我也经历过。但平日的夜里这么多人好像很不一般呀！”

“对我来说，是很平常的……”

尽可能装作平淡地答道，可还是什么地方装得不像。

“倒是先生，脸色有些憔悴，已经在这住了几天了？”

“啊，三天还是四天……不，像是五天？”

他歪了一下发青的脸，微笑着。

骨瘦如柴外加脸色不好的古狐先生，为了击退病魔一连几天住在医院里是他的习性。乍看上去与其说是医生倒不如说更像患者，可他作为大狸先生的左膀右臂，是支撑着本庄医院的重要人物之一。

看到我慢慢站了起来，先生转过头来问：“终于可以回家了吗？”

“不，去查房。”

先生沉默了片刻，然后苦笑着挥了挥手。

“多保重！”

出了位于二楼的医疗部，再上一层，就是内科的南三病房。

病房中的医护人员办公室内，像是刚刚结束了白班护士向夜班护士的交接。完成了工作的护士三三两两地离去，夜班的护士们精神抖擞地开始了工作。

进来一个彻夜工作满脸疲惫的内科大夫，不会给她们的业务带来什么妨碍。我刚坐到入口旁边的电脑终端前，立即传来爽朗的声音：“不要紧吗？看您的脸上可真不怎么样！”

是病房护士主任东西直美。她睁大她那细长的眼睛，有些吃惊地俯视着我。

“真希望你正确地使用日语，不是脸上不好，而是身体累坏了。”

“那个怎么都行。要是不注意休息，本来就缺少的医生，可就成了患者了！”

直美是个优秀的护士，二十几岁就当上了护士主任。特别是在混乱场面时的冷静得到一致好评，不论情况多么复杂，都能够扎实地完成自己的工作，我也曾多次得到她的帮助。

“说起来，你也是白班吧，怎么到现在还在干呢？”

“刚刚进入新年度。又是主任会议，又是新人研修会议，尽是案头工作，返回病房大概都是这个时间。”

她轻轻地耸了耸肩膀，消失在病房楼里的休息室中，再返回来的时候端来一杯咖啡。

“这么晚了，还要查房，辛苦了！”

从哐当一声被放到桌上的杯子里飘出浓厚的芳香。喝上一口就能体会到那恰到好处的苦味和回味无穷的余香。我就是搞不明白，使用同样的材料为什么我冲的咖啡就完全不是这个味道呢?

“像是在沙漠中发现了甘泉，谢谢！”

“真稀罕！大夫轻易不会坦率地表示感谢。”

“我不是什么时候都很坦率吗？”

“只是有那个‘打算’吧，真正传递给对方的例子几乎没有。尽说些令人费解的语言，像是老爷爷说的。”

“我要是老爷爷，你不就成了老奶奶了吗？”

“……咖啡，不需要了吗？”

“我开玩笑呢！直美是个漂亮、能干、年轻、还是单身的护士。”

“这话更让人生气……”

目光变得冷淡起来。即便如此，手还是灵巧地操作着，打开电子病历，甩着体温表。

“不管怎样，喝完咖啡早点回家休息吧！患者再增加的话，我也没法应付了。”

“那可不行，夜里的查房还……”

“大家都稳定下来了，不要紧的。要是把好不容易睡着了的人再吵醒，不是更不好了吗？”

指出得非常恰当，没有反驳的余地。

她态度有些傲慢地给我冲了美味的咖啡之后，一边继续着案头工作，一边若无其事地问道：“听说，新来的进藤大夫是您的朋友？”

“老朋友了。怎么啦？这么快就有什么想法了吗？”

“开什么玩笑！着迷的是那些年轻的护士们。哪个病房里都在传进藤大夫的闲话。长得帅啦，性格好啦，理性啦什么的。”

辰也可是结了婚的！想说又没说出口。这个世上本来就充满了妄想和谬误。早晚都会明白的事情，没必要特意说出来让人反感。

“那没办法。那家伙在大学的时候就招女孩子喜欢。”

“稀罕事，比先生您还略胜一筹。”

“没什么稀罕的。整天跟脑瓜和长相都不怎么样的砂山次郎那样的家伙在一起的话，其他任何人都会略胜一筹的。”

“我怎么啦？”

突然从头顶上传来熟悉的声音。

抬头一看，刚说到的黑大汉正笑呵呵地俯视着我。

“怎么啦？背后说我的坏话。也不难为情。”

是外科医生砂山次郎。

我立刻皱起了眉头。

“外科大夫跑到内科来，有什么事吗？这里心脏不好的老年人很多，你这样一个大个子转来转去的，可别引起心律不齐！”

“受部长先生委托，出诊看个患者。”

“那赶紧去看吧！”

“这不是刚刚来看吗。”

说着，稳稳当当地坐到我的身旁。

砂山次郎是我大学时代想甩也甩不掉的孽缘，都住在医学系一个宿舍里，到毕业为止的四年里一直是隔壁房间。他是个生于北海道牧场农家的大汉，不知怎么对信州非常中意，在这儿定居了下来，现在已经完全习惯了这里的生活。人生态度不管什么都跟我正相反，只是从别的地方来，在这儿扎下根来这一点是相同的。

“听说辰也来了，是真的吗？一止。”

他一边打开电子病历，一边用不必要的高声问道，这么大的声音像是在抽打着睡眠不足的脑袋一样，让人厌烦。

“是的。从四月起到血液内科赴任。”

“这么一家乡下医院居然三个同届毕业生能凑到一起，真稀罕！”

“跟你这个不论外表还是行动都非同寻常的外科大夫不同，辰也可是个正经八百的男子汉，曾被称为‘医学系的良心’。这可是个好久没有过的好消息啊！”

这样一个规模不大的综合医院，即便只增加一名大夫，状况就会大有改观。可是次郎听到我的话后却一下子沉默了，表情也变得复杂。

“怎么啦，脸上冷冰冰的。在一年到头都是像春天般温暖的次郎脸上看到这样的神情真是怪稀罕的。有什么心事吗？”

“没有那样的事……好啦，辰也好好的就行了，别在意。”

“你这么说，更让人担心啊。”

“好啦！我也是好久没见到他了，感到高兴啊。”

说到这儿，刚才那略微有些忧虑的神情消失了，又返回了平常乐呵呵的样子。不仅如此，还朝着直美笑着说：“顺便说句，直美小姐，知道一止为什么对辰也另眼相看吗？”

“你说什么？有什么原因吗？砂山大夫。”

“实际上是有原因的，这个事。”

“次郎！你那么清闲吗？在这里扯闲话。”

“是清闲。实际上，直美，学生时代在医学系曾发生过著名的‘将棋部三角关系事件’。”

本来没有流露出兴趣，坦然地翻着病历的直美，突然态度变了。

“你说的莫非是栗原大夫的恋爱故事？”

沉着冷静的直美罕见地提高了声音。同时，刚刚还都在忙着的年轻的护士们一齐停下手来，看着我。

看到我瞪起眼，她们又开始了各自手中的工作，可明显地都将听觉集中到了这边。我只好暗中祈祷工作不要出什么差错。

“想知道吧？”

“嗯，很感兴趣。”

我无精打采地朝着稍微探出身来的直美说：“算了吧，都是些没根没据的闲扯，不值得听。”

“没关系的。您根本不说自己过去的事，要说起工作以外的话，也只是漱石。”

“当然了。自己的过去没有任何意思，要是四处说这些，不如一起聊聊漱石先生的著作，更有益也有趣。”

“是啊，是啊。不过，我也想听听漱石先生以外的话题。”

“看不出你对森鸥外，或是芥川更有兴趣。”

“谁说这个了！”

直美稍有些怒意地说道。然后突然返回自我一般，闭上了嘴眯起眼睛。

“……又想要花招转换话题。”

我心里偷笑着。到底是直美。这种浅薄的手段除了次郎这样单纯的男人在其他人身上根本行不通。

“哎，砂山大夫，我还想接着听呢，那个三角关系事件。”

听到直美这样一说，次郎咧嘴笑着讲了起来：“那是我们上医学系四年级的时候。医学系里的将棋部，是个非常狂热又弱小的俱乐部。

一止和辰也都在里面。更准确地说，除了一止和辰也以外，搞不清楚还有没有人参加活动。就是这么一个俱乐部，却出现了……”

“啊，水无小姐，最近好吗？”

我大声地叫住了路过的护士。次郎像大吃一惊般地肩膀一颤，样子有些可笑。

被我叫住的护士，是位栗色短发，目光清澈的年轻女性。她笑着点头致意，看到旁边还有次郎，脸色有些泛红。

“砂山大夫也在啊，辛苦啦！”

只是听到这点客气话，次郎像是忘记了刚才的话，满面笑容。

“阳子，今天工作到几点结束呢？”

“砂山大夫，在工作场所别叫阳子，我不早就告诉你了嘛！”

“啊，对不起！水无小姐，有什么能帮上忙的吗，那个点滴瓶我来拿吧。”

次郎用明显只是碍手碍脚的粗鲁动作，拿起了点滴瓶。阳子脸上露出为难的样子，可又掩盖不住幸福般的神情。

这个黝黑的怪兽和开朗的女孩的奇妙组合，居然是现在正在交往的一对情侣，令人感到惊奇。

就是去年底发生的这个奇迹。肯定是命运女神搞错了，马上就会迎来分手！我用期待的目光注视着他们。可令人惊讶的是他们的交往一直在顺利地发展，甚至有人看见他们手牵着手在街上走，早已超出了常人理解的范围。

虽说是自己播下的种子，现在却是一副无精打采的样子。就在我的面前，怪兽和美女一副亲密的样子走了过去。

后面只剩下露出吃惊神情的直美。

“今天听到了有趣的话啊！大夫。”

“我再说一遍，那些事就是听了也不会有半点兴趣，我可不愿意拿那些无聊的事情，浪费这么能干的主任的宝贵时间。”

“谢谢您的关心！大夫。”

说着，直美露出不知为什么的高兴神情。

“怎么了，你笑什么？”

“不管怎样，有点放心了。”

“什么？”

“大夫也像凡人一样，有过陷入恋情的学生时代。”

我不得不抗议。

“你把我看成什么人了呢？”

“只对患者的病情和夏目漱石有兴趣的文学呆子兼内科大夫。”

“也就是说，在取得医生执照前，只是文学呆子。”

“正确！不过听砂山大夫一说，也有过享受生活的时候啊，学生时代。”

“着迷于不可能实现的恋情，要是用享受生活来表达，也许是那么回事。”

说完后不由咂了一下嘴。熬夜后的脑袋，本来可以不说的话也说了出来。面前的直美露出更加浓厚的兴趣。

“是和进藤大夫争夺同一个女人？”

“争夺这样的表达不对。我只是在旁边羡慕地看着而已。不管怎样，辰也本来就是有女人缘的人，自己心里清楚。没什么值得大惊小怪的。”

“我承认进藤大夫是个不错的青年，可‘招人的栗原’也相当出色啊，有不少暗自仰慕您的人。”

真是完全出乎意料的话。

“要是那样，不用在暗地里藏着站出来不就行了。在这个荒漠一般的工作环境中，有一朵鲜花不是更能使人心情舒畅些吗。”

我回应着。直美不知为什么目光柔和地俯视着我。我没做什么不好的事情，却觉得有些心虚。

正在叹气的时候，直美啪地拍了下手改变了话题。

“重要的事情忘记说了。是那个好青年进藤大夫的事。他的电话总是打不通，让人头疼。下次见到他时跟他说一声好吗。”

“辰也的电话？有什么事吗？”

“他是今天住院的患者的主治医生，负责看护的护士有事想问他，给他打了电话，可根本打不通。现在他手头的患者少还好，今后增加了的话可麻烦了！”

像是赴任当天就被分配了住院的患者，到底还是毫不留情的工作场所。没准就连聪明的辰也也没想到这点，关掉了手机电源。

“知道了，下次我告诉他。”

“拜托了。还有，大夫，好不容易工作收拾得差不多了，赶紧在日期还没有变之前回去休息吧。再这么折磨下去，暗自仰慕您的人们可要恨我了。”

“要是真有那样的事，哪怕一个人也好，告诉我身份不是更好吗？”

“是啊。”

直美把食指放到白净的下颌上，微笑着说：“三〇六号病房的留川丰子，是大夫的最大粉丝。”

看到我把手放到额头上，直美补充道：“顺便说句，是粉丝俱乐部中的最高龄。”

“九十二岁，多光荣啊！”

说完，我站了起来。

夜里十点。连续三十八个小时的劳动，终于结束了。

从松本城北侧蔓延开来的住宅区十分幽静。在住宅区的一角，有一座像是落后于时代的武士一般端然而坐、凝视着周围的陋屋。

那就是我的住所“御岳庄”。

已经超过二十年历史的日式房屋，屋顶的瓦已经脱落，柱子上也满是裂痕，如果没有灯光的话，无疑会被当作废墟。不过因它曾是作为旅馆的建筑物，占地和房间布局相当奢华。只是现在把一个个房间作为公寓出租出去，进出的都是些怪怪的人，早已失去了往日的风采。入口处悬挂着的“御岳庄”的招牌也歪歪地倾斜着，寂静地仰望着夜空。

就是这样一个御岳庄，大门两侧分别有一棵红梅和白梅，宛如寺庙山门外的哼哈二将。

我在屋前铺设的石板路上停下了脚步，眺望着两棵古树。

白梅比红梅谢得早，也就是说，红梅开在白梅之后。

现在白梅已经凋谢，艳丽的红梅在月光下尽情地展现着鲜艳的色彩。像是要吞下房屋似的弯着腰的古树，随着夜风的吹动摇摆着它那鲜红的色彩，其间透出淡淡的月光，就连陋屋御岳庄也显现出一种梦幻般的美。

就在几天前，我在这个门口为老婆送行。

身为摄影师的老婆阿榛，每年到了这个时期都要背着相机四处去拍樱花。本是山岳摄影师，可惟有樱花对于老婆格外重要。一到开花的季节，谢绝一切其他的工作，长的时候甚至一个月在日本列岛从南到北追着樱花花期跑。去的地方每年不同，今年要拍摄高远①的彼岸樱，据说要用两周时间拍摄它从开花前到完全凋谢。

“我走啦！”她微笑着说这话的时候，正是白梅还盛开着的时候，现在已经完全被绿叶所包裹，而当时只开了三分的红梅，现在正在竞相绽放。等到这个红梅完全凋谢，松本平原的樱花开始绽开的时候，老婆大概就回来了。

这个地方春天的来临非常晚，那还是好久以后的事。

吹过一阵冷飕飕的夜风，我慌忙缩了下脖子。

虽说是四月份，可信州的夜晚还是很冷。我挣脱开梅花的花香，钻进大门。

---

① 译者注：高远町，位于日本长野县，以古城址的樱花闻名。

和我进门几乎同时，走廊上最里面一个拉门一下子开了，屋里的光线泄露出来，看到一个嘴上衔着旧式烟斗个子高高的男人的悠闲姿态。

“好久没见了，大夫。”

是我的朋友，画家男爵。

他脸上露出不可抗拒的笑容，同时，举起右手拿着的威士忌酒瓶。

“肯定会喝上一杯再回去吧？”

恰好是夜里十一点。我连笑也没笑，点了点头。

男爵，在我五年前入住这个御岳庄的时候，就已经住在一层最里面的“桔梗之间”，是个来历不明的画画儿的。应该是四十岁左右，但不知道准确的年龄。什么时候都叼着个旧式烟斗，一只手还拿着苏格兰威士忌，一边挥动着画笔，是个谜一般的人物。

在这个人来人往的御岳庄里，他恐怕是居住时间最长的住户了。

“真是稀罕啊，大夫。”

男爵啪地挪动了一下飞车①，看着我。

“回家顺路能杀上一局。”

“那时是我随意问了一句，不知道男爵对将棋也有研究。还是感叹男爵对玩的事都是那么精通啊！”我把桂马②向前移动着说道。

---

① 译者注：日本将棋棋子的一种。

② 同上。

男爵立即露出充满信心的样子："我过去曾被称作游戏王，从围棋、将棋、国际象棋，到麻将、花纸牌①、百人一首②、卡坦岛、双陆棋，什么都会。"

越说越显得可疑了。

"可是，男爵，将棋'会下'和'下得好'好像还是不一样的。将军！"

"嗯。不是要吃我的王将，就是要吃我的飞车，真是个贪婪的人啊，您就不能客气点吗。"

"让我客气点，这已经是第四次了！随便说句，男爵的这种行为在世上被称作'悔棋'，是一种最没出息的行为。知道这一点仍然希望我让一步，是可以不予考虑的。"

"慢，慢！被说成没出息可有失贵族身份。好吧，要吃就吃吧！"

那就不客气了，我吃掉飞车。

男爵说："随便说句，我的飞车虽说叫敌人夺走了，可不会马上就叛变啊，扔到牢里可以，要是让它再上战场也不一定听话吧③。"

"你就直说吧，不想让我再用你的飞车是吧？可以考虑。"

"是，不想让你再用我的飞车。"

"贵族也罢，身份也罢，都不是一开始就有的啊。"

在说着这样的傻话中，到了终局。

---

① 译者注：日本纸牌的一种。

② 译者注：以和歌百首集为内容的游戏纸牌。

③ 译者注：日本将棋的规则，吃掉对方的棋子，在需要的时候，可以作为己方棋子再利用。

胜负的事不用再说了。

男爵在认输的同时，麻利地在桌子摆上两个小玻璃杯，倒进塔姆纳韦琳十二年的威士忌。

“为在被大夫俘虏之前自尽了的我的王将，干杯！”

“为八次悔棋最终还是惨败的男爵，干杯！”

随着碰杯的清脆声音，酒筵开始了。

第一杯酒爽快地倒进喉咙后，男爵引出话题。

“本庄医院还是那么繁忙吗？大夫。”

“医疗第一线的问题可没那么简单，不能期待年度变了状况也改变。残酷的工作环境一年年地延续着。不过，今年增加了一名正式的医生，可以算是有点改善。”

“那个新来的大夫是你的老朋友？”

“然也。完全是奇遇。是个脑瓜聪明的家伙。学生时代可没少一起围着棋盘杀个通宵。本来去了东京，可不知为什么又杀回到这个乡下的野战医院。”

琥珀色的液体流入口中，浓厚的醇香立即散发出来，令人陶醉。不管怎么看，也是和这四叠半的陋屋极不相称的名酒。真是个只对酒不吝啬金钱的另类穷画家。

“辰也是一家老牌荞麦面馆的长子。不仅聪明，而且诚实，是个非常不错的男人。在尽是奇人怪人的我们学年里，他被称为‘医学系的良心’。”

男爵忽地停下了举起的酒杯，笑了起来。

“可是，是不是什么地方跟女性有点瓜葛呢？”

“……将棋的路数根本读不出来，可对这个问题的洞察力却是相当老道啊，男爵。”我有些吃惊地说道。

“大夫也有过那样的时代啊！”

“听上去像是退休后隐居时才说的话啊。其实也只是几年前的事。在医学系的同届同学中没有不知道‘将棋部三角关系事件’的。除漱石以外对什么都不感兴趣的医学系数一数二的怪人，居然对某个女性产生了兴趣，这样的事谁都觉得新鲜。”

我满不在乎般地告诉他，喝干了杯中的酒，男爵立即又给斟满。

“是位很漂亮的女性吧？”

“很有魅力的女性。闯入只有我和辰也经常出入的小小的将棋部里也没有丝毫胆怯。在我沉溺于赢得她的王将的时候，没留神让辰也赢得了她的心。”

我陷入了少有的伤感，不禁说起了过去的事情。

男爵拿起桌上的烟斗，用火柴点着。英国产的烟丝散发出甘甜的香味。他稍稍眯起双眼，像是注视着什么地方似的目光中闪烁着光芒。大概是我说的事情勾起他对自己谜一般过去的回忆。

“嗯，谁都有过一段青春啊！”

“真想听听男爵青春时代的事情。”

“我的青春？还是别讲好。要是听了我那充满成功和荣誉的光辉过去，不管是谁都要妒火烧心啊。”

“是吗，那还是算了吧！”

“这算什么，这么简单就放弃了。”

“因为是男爵。想说的话自己就会说的，要不是那样的话再问也绝对不会说的。”

“承您明察。”

他笑着又干了一杯。

正在这个时候，有人敲门。

哎呀！我不觉有些吃惊，现在可是夜里十二点啊！可男爵却非常镇定。

“哦，来啦。进来吧！”

说着，伸出右手拉开拉门。站在门口的是个瘦瘦的年轻人，脸上露出有些神经质般的神情。说是年轻人，眼神中还残留着少年般的不安。身穿运动衫的年轻人，在房间的角落里坐了下来，像是要把头伸出来一般低头致意。

“你好！”

头发乱蓬蓬，胡子也乱糟糟的，看上去像是上一个年代的失学学生。他沉默了一会儿，有些不知所措，然后客气地补充说明道：“我是今年刚进入信浓大学农学系的铃挂亮太，从四月起搬进了御岳庄，请多关照！”

又一次像是要把头伸出来一般行了个礼。

紧接着，男爵开口说：“就是这么回事，大夫。铃挂君想跟整日忙碌的大夫问候一声可怎么也找不到机会，让我看到你回来的时候告诉他一声。他的房间就是这隔壁的‘银杏之间’。”

原来如此，我终于明白了是怎么回事。

“原来是新住户啊，这可是值得庆贺的事。”

“谢谢！”又把脖子伸了出来，一副寒酸样。可是，不拘泥外貌或是经历是御岳庄的原则。

“从男爵先生那里听了不少关于大夫先生的话，请多多关照！”

“你怎么说都可以，只是觉得没必要在‘大夫’的称呼后面再加上‘先生’，连男爵也会觉得奇怪，别再这样说了！”

“是吗？怪吗？”

被他面对面地这么反问了一句，一下子找不到回应的语言。自己本来就是整天被别人称作怪人的人。没有理由非要坚持什么不存在的依据，将人家认为“自然”的东西硬说成不自然。

“好啦，好啦，愿意怎么叫就怎么叫吧。只是‘先生’的称呼像是傻瓜的别名。每当被称为先生、先生的时候，听起来就像是在说傻瓜、傻瓜似的，反而有趣。不过，现在重要的事，不是讨论先生和傻瓜的异同，而是和新朋友共饮美酒吧！”

这才是大夫啊！男爵笑着，拿起威士忌的酒瓶。

“值得高兴的是，铃挂君虽说是新入学的学生，可是经历过两次落榜才考上的啊！”

看着紧皱眉头的我，男爵笑着，往铃挂君的杯子里倒了满满一杯苏格兰威士忌。

“也就是说他二十岁，可以喝酒了。”

“哦，这可是货真价实的好消息。”

刹那间几个杯子碰到一起，一同说干杯。铃挂君拿着杯子放也没放一口气喝干了杯中酒。

“怎么！还挺能喝的吗！刚刚成年的人就这么能喝。”

“对不起。补习期间没少喝酒，当然不是公开的。”

他搔着脑袋，苦笑着说道。

“真是个没规矩的补习生啊。任何事物都有个顺序。未成年人喝酒，就像是读漱石的众多著作，先从《心》开始读一样愚昧。”

听我这么一说，铃挂君像是很感兴趣一般瞪大了眼睛。

“要说《心》的话，我读过。不行是吗？”

“不是《心》这本书不行,而是只读《心》不行。过程全都省略掉，只去读结论的年轻人，全都宣称什么‘很受感动’，傻乎乎的。《心》里有的不是感动，而是绝望。”

“是吗？绝望是吗？”

“在讨论感动或是绝望之前，能不能先把你那个‘是吗’、‘是吗’的口头语改改，虽不会造成什么实际危害，可怎么觉得酒有些变味。”

“是吗？不行是吗？”

对这个脸上露出奇妙表情的青年，再说什么也有失大人体统。我夹杂着叹气说:“好啦，随你便吧！”

男爵像是很感兴趣似的看着我们对话。

“榛名公主一不在家，大夫的情绪就不好。铃挂君，你最好记住。”

“榛名公主是谁呀？”

“大夫的夫人。”

“真的？是吗？”

他睁圆了眼睛盯着我。

虽然说了“随你便吧”，可听到这个“是吗”还是觉得别扭。可是，要说说话口气怪，自己也是一样的。没道理硬让人家改。当然，铃挂君本人并没怎么在意。

“大夫先生已经结婚了呀？”

“听你说话的意思，我结婚的事，像是令人难以置信的奇迹似的。老婆现在去高远了，不在家，要等樱花凋谢后才能回来。”

一边说着，一边用高级威士忌驱赶着心中的寂寞。老婆不在的聚会，就像是没有樱花的赏花一样无味。

又喝一杯的时候，男爵开口了：“榛名公主是在世界上也小有名气的摄影师。为了拍摄天下最好的樱花出门了。她不在的时候大夫的情绪非常不好，最好多加小心。再加上外出时间一长，她会不会受伤呢？会不会生病呢？这种严重的担心症会发作，脾气更加烦躁。”

“幸好这次的目的地不是冬天的雪山。春天的高远不会遇到什么自然灾害。”

“噢，是这样。”

他笑着举了举酒杯。

“好啦，为了新朋友的到来和榛名公主的平安，干杯！”

我和男爵举起斟满威士忌的酒杯，铃挂君也拿起自己的杯子。

“干杯！”

不约而同地叫了起来，酒会再次开始了。

栗原粉丝俱乐部最年长的留川丰子病情加重了。

原本是因肺炎住院的，使用抗生素后病情有了很大好转，可从几天前恢复饮食后，又经常出现发烧的情况。

“三天前还能看到她像平常一样的笑容。”

我叹着气做听诊，两下肺叶有明显的杂音。

“上午还是挺好的，到了下午呼吸状况就恶化了。”

直美告诉我。

恰好是个下着小雨的周日。

结束了上午的查房，心想难得下午可以轻松度过，正准备回家的时候，因留川女士的呼吸状况恶化，被直美叫了回来。

“好不容易有个轻闲的周日。对不起！大夫。”

“你不必道歉啊。患者病情恶化，前去诊疗是主治医生的职责。虽说是休息日，病魔也不会一起休息的。”

我一边将输氧量增加到四升，一边无所谓般地回答道。

看到床上消瘦的老奶奶在氧气面罩下艰难地呼吸着，令人心痛。对于小个子的丰子女士来说，小号的面罩仍显得过大，包住了大半个脸。

“丰子，已经不行了吗？”

坐在床边同样瘦小的老人，嘟囔着说了这么一句。是留川孙七，丰子的丈夫。今年九十五岁。

两个人之间一直以“丰子桑”、“孙桑”相互称呼，关系很和睦。丰子病情稳定的时候，孙七有时让她坐到轮椅上，自己推着在病房楼里散步。

护士要是说我来帮你推轮椅吧，“我想自己推着，让丰子看看山。”

他这样回答，脸上连点笑容也没有。

身为患者的丰子，从轮椅上探起身。

“孙桑，累了吧，要不让护士推吧！”

就是这样一对老夫妇。

“丰子，已经不行了吗？”

雪白的眉毛下小小的眼睛，窥视般地凝视着我。

这种时候，再讲宽心的话没有意义。

“现在是容不得半点疏忽的状态。准备再做些检查，谨慎地治疗。”

“是吗。”他闭上眼睛，用跟平时一样平淡的口气说道。

在旁边的直美体贴地说：“您也稍休息一下吧！每天都在身旁陪着，要是也生病了可就麻烦了。”

“是吗……”

白色眉毛下的眼睛眨了两下。

“可是，回到没有丰子的家里，也没有什么要做的事。”

朴实的轻声自语中，包含着无法用语言表述的深情。

我和直美这样的年轻人，不知该说些什么。

“真想为他们做点什么啊！”

回到医护人员办公室后，直美忧虑地说道。我调出刚刚拍的X光片，皱起了眉头。

“我也有同感啊！她是为数不多的粉丝俱乐部里的主要成员吗。”

“情况不妙吗？”

“不妙。”

两侧下肺叶出现了本应消失的侵润影像。典型的吸入性肺炎症状。

“再次做咳痰培养和血液培养，但是没时间等病原菌鉴定的结果，从今天开始改变抗生素的种类！”

“知道了。”直美答道。

这时，一个年轻的护士满脸困惑的样子跑到她跟前，是个脸色白净、瘦瘦的护士，看上去给人一种不太可靠的印象。胸牌上写的“御影深雪”，这个名字好像是第一次看到，大概是四月刚刚参加工作的新人。听了她结结巴巴的报告，直美皱起眉头。

“怎么啦？”

“是别的患者的状况不好。不是您的患者，要是帮忙看看就好了……”

“我去看看没关系，可主治医生怎么了？”

“联系不上。”

说着，我看了看直美递过来的病历，在“四贺蓝子、二十五岁、女”

下面的栏目里，写着“再生障碍性贫血”，是血液内科的病人。

我也皱起眉头。同时，直美叹着气回答道:“主治医生是进藤大夫。”

“还是跟他联系不上吗？”

我把目光转向御影，她一副战战兢兢的样子。

“是……是的。休息的日子和平日的晚上，经常打不通电话。进藤大夫作为主治医生，患者已经超过了十人，有时会出现问题……”

“辰也是个老实得有些过头的男人。病房里有他负责的病人，可跟他却联系不上，真想不到……”

直美接过满脸一筹莫展神情的御影的话说:“想不到？可事实就是事实，真没办法。我不是怀疑大夫看人的眼光，可确实不像最初给人印象那样的老实人。”

直美罕见地说起别人的坏话，大概事实远比现在告诉我的更为严重。直美绝不是把一点小事夸大去说的人。

我心里感到非常意外。

虽然没有和辰也一起工作过,可我可以肯定他是个有志气的男人。上大学时成绩始终占据着首位，家在松本，为了学习特意到东京的专科医院就职。他对于医学执着的态度我是非常清楚的。

怎么都觉得不对。

“不管怎样，我先去看看那个患者。在几号病房？”

我一问，御影护士绷着紧张的面容走到我前面为我带路。

大家对进藤辰也的评价不好。

刚赴任不久就有些暗地里的闲话，十来天时间里，一点一点地从各个地方都传来了怨言。

白天不大去查房，一到傍晚马上就回家，夜里联系不上的事情也屡见不鲜。态度虽很温和，可明显和病房保持一定距离的举动，给护士们带来不信任感。

内科的南三病房，大概辰也特别在意，还没有那么多怨言，可在其他关系不大密切的病房，评价相当不好。甚至有护士主任和病房负责人直接跑到我这里诉说辰也的问题。

起初我还半信半疑，打算再观察一下看看。不久就觉得不能这样视而不见，准备找机会问问他，可我又是个整天忙碌的人，几乎没有碰面的机会。半夜里终于把工作折腾完了的时候，辰也的身影早就从医院中消失了。

就在不知如何是好的状态下，时光流逝，到了樱花陆续绽放的四月下旬。

"你到底要干什么！阿辰。"

清晨七点半，医疗部里响起次郎的高声。

清早比较空闲的医疗部里，充满了紧张的气氛。刚来上班的我，推开医疗部大门的时候停下了脚步。

次郎怒气冲天地面对着辰也，他正在医疗部的一角敲打着电子病历。相反，辰也很沉稳地抬头看着黑大汉。

"泉先生不是你的患者吗？"

“没错，就是我的患者。”

“那个患者去世了，为什么主治医生不来呢？”

“泉先生已经九十岁高龄了，又要求病情恶化时不采取延缓生命的治疗。我就是来了也做不了任何事。再加上已经拜托给了值班的你，我不觉得有什么不合适……”

“不是那个问题。我问你是不是主治医生？”

“当然，我是主治医生，而且我认为已经充分发挥了作为主治医生的作用。”

看到坦然坐在那里回答的辰也的样子，次郎像是更加不知所措了。

“什么！你说的不像是你啊！”

听到缺乏逻辑性的次郎发出叹息。我也有了同感。

“患者要是有个什么，马上赶过来的，不应该是进藤辰也吗？”

“砂山还是老样子啊……”

像是自言自语般的嘟囔声中，隐藏着我从未见过的冷漠。

“按照自己坚定的信念往前走固然没错。可是，世上还有持有不同信念的人存在，你是不是忘记了，砂山。”

“阿辰……”

“我有我自己的做法，并没有打算草率从事。”

我站在医疗部门口看不清两个人的脸，可至少清楚次郎绷紧他那不和谐的脸站在那里的情景。

片刻的沉默中充满一种奇怪的紧张感。我只是眺望着。幸亏医疗部里没有其他人。

不久，次郎压低了的声音打破了沉寂。

“阿辰，你在东京工作过的，是帝都大学的祈念医院吧……”

次郎这有些唐突的语言，发挥了意想不到的效果。准备返回去打电子病历的辰也停止了动作。他喘了口气，慢慢地抬头看着巨汉。

“是的。帝都大学怎么啦？”

“没怎么，只是……”

“要是没什么，别那么在意我好吗？砂山。”

冷淡的声音打断了他的话。

他不理会有些畏缩的次郎，冷冰冰的声音还继续说着：“现在不像学生时代那样清闲了。你再掺和只是妨碍我的工作，我说了，别管我的事好吧？”

“你说什么！”

到底还是次郎，也提高了声音。看样子快要打起来了。

“不劝阻一下吗？栗原大夫。”

忽地听到耳边有人说话，我吃了一惊。回头一看，古狐先生站在身后。

“还是没有一点动静啊，什么时候来的？”

“从一开始就在。”

他微笑着说道。

“从早上七点就一直这样争论着。不是讲道理，而是在讨论人生哲学的问题，我觉得很难说到一块去啊。”

说着，他端起右手里的茶杯，像是享用美味般地喝着煎茶[①]。

老先生总是这样，让人捉摸不透。

我重新把视线返回屋内，正好辰也站起身来。他没理睬次郎的叫声，严肃地背过身去，临离去的一瞬意识到我们在像是有些吃惊，可到底还是一言不发，从里面的门走了出去。

我把手放到额头上，老毛病偏头痛又要开始发作了。

忽然眼前出现了一个新的茶杯。

“栗原大夫也喝点吗？”

令人垂涎的茶香中，古狐先生露出微微的苦笑。

“煎茶可以治头痛啊！”

我没吭声，恭敬地接受了他的好意。

本庄医院的后院有条小河流过。

以前也曾是河岸上有萤火虫飞舞的美丽的小河。现在因堤岸加固工程已经失去了自然的情趣。即便如此，堤岸上成排的樱树还是十分壮观，在三五成的樱花已经开始绽放的这个季节里，河岸上飘撒着淡红的色彩还是非常漂亮。

进藤辰也伫立在河岸的草丛中抽着烟。傍晚的昏暗中，烟头一闪一闪地晃动，宛如过去萤火虫发出的萤光。这一景色看似优雅，实际上却如同讽刺一般。

---

① 译者注：日本有代表性的绿茶。

"什么时候也抽上烟了呢？"

我一说话，辰也稍有些吃惊的样子回过头，马上露出苦笑。

"栗原啊，今早对不起了！有些疲倦。"

看到他坦率地道歉的样子，没有任何不自然的地方，还是我熟知的老友。

我站到他身旁，从白衣中取出罐装咖啡。

"过去既不抽烟也不喝酒的你，什么时候抽起烟来了？如月也不管管。"

如月千夏，就是曾加入将棋部的那个有魅力的女性。一毕业，名字就改成了进藤千夏。

进藤手指夹着七星烟，苦笑着："没想到这么快就被发现了。栗原你也抽吗？"

"谢了。味觉是上帝给我们品尝美酒的，我可没有随意把它破坏掉的变态兴趣。"

"还是那么严厉啊！真没有变化。"

"再加上我老婆对香烟也相当敏感。"

"找了个好老婆啊！直美主任说过。说是能够冲出世界上最美味咖啡的夫人。"

"天下名品。哪天也请你尝尝。"

辰也吐出口中的烟，微笑着点了点头。

我环视了一下四周，恰是太阳马上就要沉入北阿尔卑斯山岭之中的时候，一群年轻女性走过河上的小桥，传来她们欢快的声音。大概是下了日班的护士们，构成了一道恬静的风景。

“大概不需多说……”我慢慢地开口说，“我来这并不是为了夸奖老婆做的咖啡好喝。和早晨的事也有关系，刚才部长先生招呼我去，说那个血液内科大夫的事你想想什么办法。”

不是开玩笑。在繁忙诊疗的间隙我接到大狸先生的招唤，赶到部长室一看，他抓起一堆文件，用不高兴的口气说：“这些全都是投诉的！”我偷偷看了一下扔到桌上的文件，是从医院不同部门来的投诉报告。

“阿栗的朋友，来了以后没给你减少些工作量，反而还增加了啊……”

又嘟囔了这么一句。

他没像往日那样砰砰地拍着他那硕大的肚子。嘴角虽然挂着一点笑容，可眼睛里没有一丝笑意。这种时候可要认真对待。

只要是患者需要，就应该放下所有的事立即赶到病房。这是大狸先生的哲学。在这样一个老先生眼里，辰也的品行究竟是什么样子，想象起来令人恐惧。

“怎么办好呢？阿栗。”

又是个难以回答的问题。

“不能这样放任下去不管，可我又这样忙。当然阿栗也很忙，我跟阿栗比起来谁更忙一些呢？”

看来是要让我做点什么。

没有推辞的余地。我点了点头，接受了这个困难的委托，像是逃跑一般退了出来。

辰也看着我的脸，像是察觉出什么。

“看来我在什么地方给你添了麻烦。”

“夜里招呼也不来，休息日根本联系不上，有不少抱怨的。在病房里的评价比起以前更差了。本来对你的评价如何对我来说无关痛痒，可在此之前我四处吹嘘你是个值得信赖的人。这样下去，大家都会怀疑起我的眼力啊。”

首先部长先生是个很厉害的人，可这时却没敢说出来。

“也就是说，我完全辜负了栗原的期望。”

“简单说，是这么回事。”我直截了当地告诉他，举起咖啡喝了起来，嘴里蔓延着难喝的味道。

稍微沉默了一会。

辰也把吸完的七星烟头塞入便携式烟灰盒中，又取出一支新的。

“主治医生究竟算是什么？栗原。”

突然，他像是嘟囔般地问道。

“要是像修行者提问似的提出问题到寺庙去吧。这个城市里可有不少有特色的古刹呢。”

“我是认真说的。”

“主治医生的存在，是为了驱除侵入患者身体的病魔。治疗原发的病患，减轻患者的痛苦，听取患者的诉说。广辞苑上怎么写的不知道，可是，患者发烧的时候不来，去世的时候不在一旁守护而是托付给值班医生，这样的态度绝不是主治医生所应有的。”

“你不觉得有些疯狂吗？”

我有些困惑地回头看着他，辰也说的意思令人难以捉摸。可是，老朋友依然平淡地继续说：“只因为我们是医生，就不能好好地吃顿饭，塌塌实实睡个觉，连这点保障都没有。不觉得有些疯狂吗，栗原？”

“到了现在怎么还说刚毕业的进修医生说的话呢。那些不合理的事情谁都知道，可我们还是做了医生，要是讨厌这样的话……”

没把话讲完，因为看到老友眼中有种不熟悉的冷冷的光芒。那是一个我并不认识的男人的面孔。

我再次强迫自己开口，也许是因为讨厌笼罩着的抑郁气氛。

“至少你应当理解次郎为什么发火。即便没有什么应该做的处置，只要主治医生在场，就可以增加患者和家属的安心感。”

“安心感……”

这次他嘴角稍微有些松弛。过了几秒钟我才意识到这是在笑。

“你就没说过什么愉快的事情。”

“只是为了那样的事放弃休息来工作吗？我们还没有那么多富裕时间吧？栗原。”

“那样的事？”

“我说的是，只是为了患者的安心感，什么实际意义都没有的东西，我们跑来跑去的，有那样的富裕时间吗？我问过直美主任，好像你在这一年里只休息过三天，这样好吗？”

“不是好不好的问题。只是在不合理的环境中，可以做出的最好的选择。要是有工夫扯这些说也说不清的道理……”

“你夫人也赞同这样做吗？”

他唐突地打断我的话。

有些不知所措的我沉默着，他继续说：“家属心里怎么想的，不是你一个人活在这个世上吧？”

滔滔不绝的声音沉重地回响着。

一瞬间，老婆站在梅树下挥着手的样子掠过脑海，可现在不是伤感的时候。

“没有问题。从结婚前她就知道这是过于严酷的职责。”

“可这事本身不就有些奇怪吗？”

“如月说过这件事吗？”

我冷不防地问道。心中却充满苦涩。

曾是我最思念的人，现在却是这个朋友的妻子。虽然没有别的意思，可说出这个名字，就会勾起使人心情不快的回忆。可是，已经说出来了，也没法收回来。

“据我所知，如月是个聪明的女性。和你这个老实得过头的人相比，她对医学拥有足够的热情和诚意。是如月跟你说的这些事吗？”

辰也没有回答。

“我不知道你们在东京的医院里是怎样工作的，但至少这里不是东京，在这里……”

“对不起！栗原。”

辰也突然而且明显地看了看手表。

“到查房的时间了。”

这是要中断谈话的信号。

像要挣脱我那凶狠的目光一般，他漠然地转过身去。看着他那要离去的背影，我突然大声喊道：**“良心的平静是我们唯一可靠的报酬！”**

寂静的河畔，回响着不合气氛的声音。

辰也停住脚步，稍停顿了一瞬，转过头来，露出微微的苦笑。

“约翰·肯尼迪的话啊，令人怀念。”

“是你喜欢的名言。”

我直视着他。

“肯尼迪发表这个演讲是为了战争，为了医学我们也可以说这句话。不是要做屠杀百万人的英雄，而是做拯救一个人的凡人。”

“我记着呢。”

“要是记住的话，我还没有说的话你也应该清楚。”

辰也没有理睬。稍沉默了一会儿，再次回过身去，这次不像是要再返回的样子。

看到久别重逢的老友完全变了一个样子，真让人感到时光的流淌仿佛是一个来历不明的妖怪。当然，这只是感觉，想做点什么也做不到，只能一个人静静地把咖啡喝完。

按惯例，又觉得头痛了，我把手伸到白衣口袋里，忽然意识到头痛药已经在前几天被我一下子吃光了，心情更加郁闷。

忽听到沙沙的脚步声，觉得有些不寻常，慌忙转过身去。

“哎！真稀罕啊。”

随着说话声露面的是急诊处外村护士长。

“大夫也抽烟吗？”

她说着，取出菲利普莫里斯香烟，熟练地点着。按说是快四十岁的人了，可看她那动作却显得轻盈文雅。

我按捺不住心中的不快。

“不抽。今天急诊处是不是很清闲啊，能出来抽支烟了。”

“那是。今天不是‘招人的栗原’值班的日子嘛。”

她的回答如同她在现场做出的处置一样，迅速而又准确，让你无言以对。

看了一眼沉默不语的我，外村深深地吸了口烟，把目光转向河对岸即将绽放的樱花树。

“近藤大夫不知怎么脸色相当阴沉啊。”

太阳正在落下，树木的阴影在河堤上拉长，觉得气温也在急剧下降。

“……那就对了。要是他一点都不在意，我也进退两难了。”

“不想问你们之间发生了什么，不过，友情还是应该珍惜的。”

“没有那么大的事。可正是因为这事，才站在这里生气呢。”

外村突然苦笑了一下。

“……到底还是年轻啊！你们这些大夫。”

“别开玩笑！”

心里浮现出辰也临走时那冷漠的目光。原本不是有这样目光的男人呀！至少说起医学的事，目光中会显出炙热的光芒。

我还是没有打消心中的疑惑，抬头看了一下快速变暗的天空，眼前突然冒出一包菲利普莫里斯香烟。外村护士长轻轻眨了下一只眼睛："这种时候，有点不良习惯还是挺管用的，大夫。"

我稍犹豫了一下，边说谢谢了边取出一支。

喝干了难喝的咖啡，被毫无头绪的思考所缠绕，我慢慢地喷吐着烟，脑子里意识到的是，香烟还是对身体不好。

第一次认识叫作如月千夏的女性，是我上医学系三年级那年的夏天。

相识完全是偶然的产物。

那天我在站前的旧书店里，买了些跟医学毫无关系的文学书，在开往信浓大学的巴士中，随意翻看的时候。

坐在我前面的一个年轻女性，先是哗啦哗啦翻腾了一阵子自己的提包，然后一脸慌张地东张西望起来，有些形迹可疑。可对于当时的我，与形迹可疑的女性相比，漱石著作的吸引力要大得多，所以一段时间里我头也没抬专心看书，女性像是更加不安起来。

究竟怎么了呢？我想着，抬头看了一眼，正好和女性的目光碰到一起。她像是鼓足勇气般地开了口："对不起！能不能借点钱给我？"

清脆响亮的声音。

我没吭声，只是又抬头看了看她，不是因为她这唐突的要求感到迷惑，而是一不留神，视线被她那闪烁着活力光芒的眼睛吸引了。

她不好意思般地解释：乘上巴士以后才发现钱包里只有一万日元

的纸币。自己是医学系二年级的学生，名叫如月千夏。条纹布的衬衫和牛仔裤，这样简单的服装包裹着她那修长的身体。像是经常被日光照射般健康色的皮肤，还残留着几分稚气的面孔，洋溢着耀眼的活力。

原来如此。巴士上的自动售票机无法兑换一万日元纸币。我没有吝惜那一百九十日元的理由，便借给了她。

从巴士上下来的时候，她边说着“我去把钱破开”，边朝着大学生活区的方向跑去，可我下午有免疫学的考试，没空等她，就说了一句“以后再说吧！”转身离去。后来想起来，对不认识的人，既没告诉名字、也没说我所在的班级就跑掉，似乎有些忘乎所以。

原以为这样一下子斩断了命运女神牵的红线，可过了半年，在我上医学系四年级的那年春天，我们又碰面了。

那是平日的一个中午，结束了上午的课程，我跑到校外。因为在非常拥挤的学生食堂里，不可能悠闲地读书，所以每到中午，我跑到大学附近的小店吃午饭便成了常事。怀抱着几本书，在每天走的小路上走着，突然听到“啊”的一声大叫，转身一看，如月站在那里。

“对不起！是一百九十日元的人吧？”

站在路中间，开口第一句话竟是这个。然后，看到我怀里的书，漱石和芥川的著作中还夹着一本巨大的《标准外科学》，又一次吃惊地大叫起来：“原来是医学系的前辈啊！”

和半年前相比，头发像是长了一些，大人气也更足了些。可那洪亮的声音中，包含着和以前一样的豁达。

“是啊。”我没有任何情趣地回答着。如月马上从牛仔裤的口袋里掏出钱包。

“我，是个急性子。上次在巴士上，见到你只拿着夏目漱石的书，就以为你是人文学系的人呢。”

她取出一百九十日元，毫不犹豫地塞到我的手中。温暖而又光滑的感觉，让我有些不知所措的时候，她又露出灿烂的笑脸：“真对不起！拖了这么久。不过，我一直在找你。”

不用说，这后一句，轻而易举地击穿了文学呆子毫无防备的心。

在路上擦肩而过便立即认出我来，她一直在找我大概是事实。而且，还钱晚了是因为我没告她姓名便离开的缘故，她却像是自己有什么过错一般，几次低头表示歉意。

“前辈吃过午饭了吗？”

她用爽朗的声音问道。

我刚回答“还没有，”她就用爽朗的声音说：“好不容易碰到，我们一起去吃好吗？”

说着，用手指着前边的一家小店。我扭头一看，有些老旧的招牌上写着“明彩咖喱屋”。

“这家店里有日本最好吃的咖喱饭。”

“明彩”的店名确实听说过。

像是家不大的咖喱屋，可味道确实很好，不论是中午还是晚上都挤满了学生。当然，不是为寻求安静从学校食堂里跑出来的我要去的店。可是，看到如月那晴朗的笑脸，我这个无精打采的文学青年，就像将棋中的小卒越到飞车，一点办法都没有。

进了她推荐的饭店一看，真是家很小的店，只有三个四人座的方桌，再就是柜台前有四五个座位。一个体格健壮的女性从厨房里出来，笑着招呼着明月。

“你像是常客啊！”我一问，如月有些不好意思，“大概三天一次吧。”

“已经不少了。和朋友一起来吗？”

如月对这样有些试探性的提问也没有犹豫：“有时跟网球部的后辈一起来，但基本是自己一个人。”

“一个人？”

“要是有能一起来的人就好了。我这个人，非常性急又冒失，经常惹是生非。今天要不是遇到前辈，还是打算一个人来的。”

如月有些怪怪地笑着，露出雪白的牙齿。

虽然表面上做出镇静的样子，我的脉搏还是加快了跳动。

如月是医学系网球部的主力选手之一。她用柔软的肢体打出仿佛弹丸一般的发球，让偶尔路过看到的我惊叹不已。虽有点毛手毛脚的地方，可她那聪颖的头脑和乐观的天性，使她成为俱乐部活动中制造和悦气氛的人，是个深受大家喜爱的魅力女生。

对这样一个出色的人动心，变得飘飘然，也许已经超越了轻率，属于一种离奇的行为。

至少，和如月再次见面的那天开始，我也在课程或实验结束之后，时不时地去“明彩”了。

看到我，后辈们高兴地明知故问：“喜欢上青咖喱了？”

不用说，目的当然不是咖喱。

这样有企图地经常去“明彩”，和如月对话的机会也多了起来。一天，不知怎么跟她说了一句：“不来将棋部看看吗？”起因是从对话中知道如月的父亲很喜欢将棋。后来听“明彩”的女主人说，“你那哪是邀请呀，明明是找借口”。

当然，事到如今再反省也没有任何用处了。从古至今都是如此，对异性的爱慕，可以从根本上改变人类的行动。

当时将棋部的存在实在让人不解。虽然名单上有大量的会员，可俱乐部的活动基本上是我一个人照着棋谱摆摆残局。这样一个俱乐部，照理说，我的邀请只会招来相反的效果，可是，具有旺盛好奇心的她却坦率地显示出了兴趣。

“小时候，我父亲教过我棋子的走法。”

“那就行了。喜欢将棋的人没有坏人！”

“确实是的。”

“确实？”

“听网球部的前辈讲过：栗原是个怪怪的人，可不坏。”

“要是方便的话，把那个前辈的名字告我，我一定要去打消他的这个误解。”

这样，实际上并不轻松的谈话结果，是她在网球俱乐部活动结束之后，时常会在将棋部的房间露面。

说是房间，其实不过是在大学学生食堂大厅的一角、摆着旧沙发的地方，挂了块“将棋部”的牌子。

就是那样一个地方，全身散发着光芒的她却经常出现，跟我面对面地坐着，认真地杀上一局。平日我一个人或是读漱石的书，或是对着棋谱摆残局的地方，现在有了女性响亮的声音，经过的医学系学生们无疑都感到惊叹。另一个忠实的会员，大约三天露一次面的近藤辰也与她相识，也是在这个时候。

之后的事情完全像是无聊的戏剧，在这里就不再过多叙述了。

作为结果，文学呆子的青年把和美丽的学妹对坐在棋盘旁当做一种至上的喜悦，像是已经满足于这种状况。而英俊又内秀的老友在盘中拼杀的同时，轻松地将她的心掠走。

这件事就是次郎说的“将棋部三角关系事件”，上下两个年级无人不晓。只是事实上并没有发生所谓“三角关系”那个程度的事情。只是文学青年无精打采地羡慕着他们这一对恋人接受上天的祝福。发现他们交往的那一刻，将司汤达的《恋爱论》在宿舍外庭院里烧掉，是文学青年惟一的抵抗。

在一个盛夏的夜空下。

记得那是暑假将要结束时候，非常清闲的学生宿舍后院，过于鲜红的夹竹桃正在竞相绽放。

“真稀罕啊！栗原先生。”

从柜台对面传过来的声音，把我从回想中拉回到现实。

居酒屋“九兵卫”的老板，嘴角挂着苦笑俯视着我。

“栗原先生抽烟，不常见啊。”

只是一支菲利普莫里斯,还是三个小时之前抽的。到底是料理人,说的一点没错。我喝了一口“飞露喜”的纯米吟酿,微微耸了耸肩。

“像是在沉思着什么,有什么烦心事吗?”

“不是什么大事。”

“看您的样子,夫人又不在家吧?”

“您真是明察秋毫。到梅花凋谢前见不到面。”

就是这样敷衍的回话,老板也没有任何不愉快的样子。

我端着酒杯,眺望着店内。

时间已经到了夜里十点。今天虽然是工作日,客人还是不少。

居酒屋“九兵卫”位于市区一条小巷旁,门面也不显眼,是专门卖日本酒的小酒店。也许最近关于这里酒好菜也好的评价传了开来,客人数量在增加。

狭长的房间里,年轻的情侣、中年的男性、老年的夫妇,五六个人分别度过着属于自己的一段时光。坐在柜台角落里看书的一个女性是常客,其他的好像没有见过。

“最近‘九兵卫’很有人气啊,工作日里也挺热闹的。”

正在切着生鱼片的老板苦笑了一下。

“没准。今天还不错,有的日子没有一个客人来。”

“一个也没有?”

“是,一个也没有。”

老板那肌肉发达的粗手腕,正在细微地剔着鲣鱼。虽然也有苦楚却是一副满不在乎的样子,还是有气魄。

“不过，最近砂山先生倒是常来。”

无聊的名字冒了出来。

“是和那个可爱的女孩儿两个人一起来的。那人还是老样子，只喝‘吴春’一种酒。不过，他总是吃得很多，我做起来也高兴啊！”

“‘吴春’给那家伙喝可惜了！就是用水稀释一倍他也喝不出来，请务必那样试试。”我一边欣赏着倒满了杯子里的百药之王，一边说着狠毒的话。

老板又笑了起来：“别那样！夫人一不在家，您就没精神了，这样可不行！”

他说着，挥动着粗手腕，取出一个杯子，拿起酒瓶往里倒上酒。

“虽比不上夫人，今天我陪你喝一杯。”

“和比得上比不上是两码事。如此豪爽地陪我喝酒，尘世间的那点烦恼马上就烟消云散了，何况……”

我说到这里，眼睛盯着老板手中的酒瓶。

“有了‘信浓鹤’的新酒那就更好了。”

“您的眼睛真厉害。因为栗原先生喜欢，我特意找来的。”

说着，老板往新的酒杯里倒了满满一杯，放到我的跟前。“信浓鹤”如同名字一样，是信州的地方酒，产地是驹根。产量不大，却是值得特别评价的上等佳酿。特意找来这个上市量不多的名酒，老板的用心让我折服。

干杯！老板拿起酒杯，我也一口干了下去，真是美酒！

老板稍稍露出微笑，突然冒出一句：“欢迎！”又来了新的客人。无意中回头一看，是个瘦瘦的年纪不小的男人，穿了件有年头的旧夹克衫。

“哎呀！”

听到对方嘟囔了一句，我也睁大眼睛。

“这不是栗原大夫吗！”古狐先生笑着说道，“想不到会在这样的地方碰到啊，栗原大夫。”

古狐先生说着，在我身旁坐了下来。

脸色还是和往常一样不好，可目光温和清澈。整天看到他都是身穿白衣，看到身穿普通衣服的他，感觉就像是街头小店的主人一般和蔼可亲。

“我正想说呢，先生。我常年都来这家酒店，可见到您还是头一次。”

“也许是一年里我只来一两次的缘故吧。掌柜的也许都没有记住。”古狐先生转过头去看了一眼。

老板正在切生鱼片，连眼都没眨一下，回答道：“内藤先生上次来还是鲣鱼南下的季节，有七个月没见了。我都等得不耐烦了！”

“您这记性真厉害！掌柜的。”

古狐先生高兴地摇动着瘦瘦的肩膀。

顺便说句，古狐先生的真名叫内藤鸭一。

“终于完事要回家了吗？”

“嗯。工作总算是告一段落。有四天没出医院大门了。”

不是开玩笑，古狐先生总是接连几天住在医院里。

“好不容易可以回家了，可这几天老婆出门不在家。这样的时候正好来这里。”说完，稳重地告诉老板，“来一壶‘杉之林’，要温的。”那是木曾的地方酒，也是一种有历史的名酒。信州就是好酒多。

他拿起递过来的酒抿了一口，幸福般地眯起眼睛长舒了一口气。

“可是，还是一幅无精打采的样子啊！栗原大夫。”

“没有那样的事。”

“有吧。还是因为进藤大夫的事吗？”

虽然脸上挂着什么都没看见的表情，可先生的目光就是敏锐。

“好久没见的老朋友完全变了，让人头疼。”

“是变了吗？”

“没想到阿辰这家伙变得那么混蛋。总想说说他，可他一下子又溜掉了。”

古狐先生像是很高兴般地浮现出笑容，把杯中的“杉之林”像喝水一样喝干，又要了一杯。

“不过，还是不要想太多了。也许他也有他的道理。”

“先生始终是那么宽容，我真想学会啊！”

也许是喝了酒的缘故，我说的话也带起刺来。可古狐先生不管我说好话还是坏话，一直稳稳当当地喝着酒。

“他有你和砂山大夫这样出色的朋友，不是孤零零的一个人，这是非常重要的。”

“我这样经常犯傻的怪人，再加上次郎那个黑大汉，有这样的朋友，对辰也也没有什么益处。”

听了我的话，古狐先生高声笑了起来。

“说到朋友，不都是这样的奇人怪人嘛。拿我来说，那个整天笑着拍大肚子深不可测的人，就是我最好的朋友啊！”

出现了意料之外的人物。说的是部长先生，也就是大狸先生。

“部长先生是比您还高一年级的前辈吧？”

“是啊，说是朋友也许有些失礼。不过，从学生时代就有交往，又一起工作了近三十年，很亲近吧。掌柜的，再来一杯‘杉之林’。”

我喝一杯的功夫，他都喝了三杯了。

不管喝多少，先生那脸色还是和平常一样，苍白发青。

“可三十年也真不寻常，等于从我出生之前一直干到现在啊。”

“说起来，是这么回事啊。”

他好像现在才意识到一样，又眯起双眼像是在想什么。

然后，又嘟囔了一句“是啊”，把第三杯酒喝干。看他的侧影，仿佛是过去在屏风上看到过的仙人画像。那仙人也像是在感慨着什么，凝视着喝干了的酒杯。

“听说先生一直和部长配合，支撑着本庄医院走到今天。”

“我和那个朋友有过重要的约定，不能辞掉不干啊！”

“约定？”

听到意外的话，我悄悄地看了他一眼。古狐先生把新倒上酒的酒杯举到眼前：“‘在这个城市里，建一座不论是谁、不论何时都可以看上病的医院’，这是他的口头禅。为了实现这个目标一起努力，是我们作学生时的约定。不过，他本人还记不记得我就不知道了。”

他怪怪地晃动着肩膀笑着，究竟多少是真话多少是玩笑无从判断。不过，大狸先生史无前例的做法像是从很早以前就开始了，古狐先生也一直全力配合着他。两个妖怪的奇特言行到今天依旧引人注目。

我呆呆地没有说话。

古狐先生眯起眼睛又平静地说了起来："部长先生还小的时候就失去了母亲。"

就是喝多少酒脸也不会红，不如说变得更加发青了的古狐先生，宛如看着远处的什么地方一样继续说："部长先生还是中学生的时候，母亲突然倒下了。在马上赶来的救护车上，心电图诊断为心肌梗塞，可附近医院的心血管医生不在。要赶到可以做紧急血管检查的信浓大学附属医院有五十公里路程，据说在运送途中断了气。途中路过三家医院，可心血管医生都不在。医生不在就没有任何办法了。"

他用瘦得皮包骨的手拿起酒杯，送到嘴边。

我却把拿到手中的酒杯又放回到了桌上。

"有这样的事啊……"

"过去，在酒桌上他告诉我的。说再也不能让这样的事情发生……掌柜的，来个醋腌青花鱼。"古狐先生伸出皮包骨的细长手指说道。

理想没有实现之前不停地奔跑着的大狸先生，还有始终支持着他的古狐先生的身影，忽然伴随着一种真实感，在我心里变得高大起来。

我几乎是下意识地说："两位先生，就像是支撑着本庄医院这辆马车的两个轮子，少了一个，这车就没法走了。马车要是停了，这个城市的医疗也就停了。”

“那可是夸大了。我这个人，可支撑不起那么大的车。不如说……”又眯起眼睛，“比如说，部长先生是能酿出美酒的名师，我只是陶醉于那个美酒的客人……”

他高兴地嘿嘿低声笑了起来。

“是酿酒师和酒客吗？”

“他不停地酿出叫做‘理想医疗’的美酒。我只是喜欢那酒不停地喝着。经常也有喝太多了第二天难受，或是有些腻烦想不再喝了的时候。”

我马上就明白了是怎么回事，笑了起来。

“可是，几天不喝还是想喝啊！大凡是好酒都是这样吧？”

“没错！想戒也戒不掉啊！”

他说着，微笑着拿起酒杯。

“不管怎样，要在这严酷的世间活下去，朋友的存在非常重要。栗原大夫也不要过分责怪朋友呀。”

声音中有种置身于冬日阳光下一般的温暖。

“先生！”我忽然叫了他一声，接着说，“心情一下子就变得好多了。今天就再一起喝点儿吧！”

“好不容易碰到一起，我也正要说同样的话呢。”

他笑着点点头。

再来一杯，我抬起头，看到老板那粗犷的笑脸。

“‘飞露喜’今年的新酒，刚刚进货。”

说着，把浅绿色的一升瓶放到柜台上。

“已经是这个季节了啊！整天住在医院里，完全丧失了季节感。”

古狐先生非常高兴似的，嗯、嗯，前后摇晃着脑袋。

我飞快地端起了老板刚倒好的新酒，好不容易有了敬古狐先生一杯的机会。不能让阿辰那个傻瓜搅得心情不好，连美酒都变了味道。和那家伙早晚在什么地方再杀上一局，没准不明白的事情就明白了。

回过神来一看，古狐先生已经咂着嘴品味着新酒了。赶紧举起酒杯，和他一样一口喝干。

“这不好办啊，进藤大夫。”

怯懦的声音在南三病房的医护人员办公室里回响。

是四月末一个平日的傍晚。

因一天业务感到疲惫的我，正迷迷糊糊地眺望着窗外。转过头去，看到病房角落里有辰也和御影护士的身影。

辰也停下了正在打病历的手，和脸色苍白一直站着的御影护士之间，有种不寻常的紧张感。虽然这么说，站在辰也前的御影，简直像是被蛇盯上了的青蛙。

“并不是让你为难。可以明天做的事就放到明天吧。”

“可是，四贺小姐的家属非常不安，想听先生介绍一下病情……”

御影说着的时候，辰也已经不耐烦地皱起了眉头，不时地看着表。才是下午六点半。

“诊断是再生障碍性贫血。连续输血也不能阻止贫血的发展，需要通过免疫抑制剂进行治疗。不是能简单说清楚的内容。我刚才不是说了，明天九点我来说明。”

“可是，哪怕先简单说明一下，家属想听听，一直在等着，所以……”越说声音越低，让人看着都着急。

在附近的水无阳子终于看不下去，插话说：“大夫，我觉得让病人家属知情也是大夫的重要工作，能不能稍微抽点时间说明一下呢！”

“我忙着呢，今天不行。”

听到辰也冷淡的回答，阳子甩着栗色的头发，加强了语气：

“进藤先生究竟是怎么考虑的啊？每天一到傍晚就走，晚上还经常联系不上。而且，不肯稍微用点时间给病人家属说明病情，我们护士也看不下去啊！”

“我已经嘱咐过，出现问题的话应该怎么办，现在并没有什么问题。”

“出现问题就晚了！”

阳子那高高的声音在病房中回响。

之后是难以忍受的沉默。其他护士们都在忙着手头的工作，可谁都在注意着辰也和阳子。室内的沉默渐渐令人窒息。

我觉得有些轻微的头痛，用手按住额头。

阳子的态度确实有些严厉，要是直美主任的话大概不会这样说吧。可最大的问题是辰也的回应非常冷淡。不知他究竟怎么想，目前这个样子护士们绝对不会容忍，怨言肯定会越积越多。“医学系的良心”的称号也将不复存在。

我郁闷地眺望着屋顶，只有无情的日光灯闪烁着，当然没有写着任何妙计。直美主任在的话也许会想出什么办法来，可偏偏去参加什么主任会议没在病房里。

就在我沉思的时候，忽地听到像是抽泣般的声音。

“可是，大夫……四贺小姐，还那么年轻，听到再生障碍性贫血这样复杂的病名……她相当消沉……”

御影大滴大滴的眼泪落了下来。

“我知道大夫您也不容易，可是……哪怕是少说一点，不行吗？”

“少说点就行了的话我现在就说了。恐怕不说清楚的话只能产生误解和不安。”

“可患者……”

“你差不多就行了吧！”

响起了更加冷酷的声音。

“按原定的治疗方案做，明天我来说明。明白了的话就去告诉患者和家属。”

话还没说完，御影就放声大哭了起来。

哭归哭，辰也还是原来的样子。

再次出现沉默，只听到御影哭泣的声音。水无阳子抱住御影的肩膀，拼命地瞪着辰也，可辰也只是看着电子病历，手忙碌地动作着。其他的护士也在困惑中夹杂着愤慨注视着血液内科大夫的背影。

我扫了一眼楼道里，直美主任还没有回来。看来要是没有直美主任以外的人说话，这个场面没法收拾。

我又一次把手放到额头上，叹了口气。

然后端着早已凉了的咖啡，慢慢地站了起来。

辰也做完病历的记录正要站起来，又停止了动作，因为我站到了他的眼前。

抬头看了看我，多少有些困惑：

“……有什么事吗？栗原。”

“算不上什么大事。”

“我知道你想说什么，可今天我没有时间。”

“像是那样啊。不过，和老朋友总能抽出点时间说话吧？”

我稍微眯起双眼。看着我的辰也也眯起眼睛。

“今天不行！”

“是吗，那真遗憾。”

说着，我慢慢地将端着咖啡杯的右手向前伸去。

“啊！”阳子和御影发出短促的叫声。那是因为我把伸到辰也头顶上的咖啡杯倒了过来。

一瞬间，黑色的液体由于重力作用洒落到辰也的头发上，接着流淌到他的脸上。在办公室里所有人员目瞪口呆的时候，从辰也下巴流下来的咖啡，啪嗒啪嗒滴落到地面的声音，显得异常清晰。

在稍后蔓延开来的咖啡香气中，我慢慢地开口说：“据说作用于大脑皮层，可以刺激神经和感觉机能，有消除困倦和疲劳，提高思考和集中能力的效果。”

“……我没有请你说明咖啡因的功效……”

被我浇上一头咖啡的辰也用冷淡的口气说道。

往下一看，满脸黑色液体的辰也，用笔直的目光凝视着我。

我也用平静的口气说：“对不起！听到你刚才在说梦话，想叫醒你。”

我慢慢地把杯子里剩下的最后一滴咖啡喝干。

“感觉到实际功效了吗？”

老朋友的目光一直盯着我。目光中没有一丝动摇。

辰也不是在这种场合情绪激动做出什么蠢事的男人，而是一个人仔细思考后，决定如何行动的人。

当然，我也没有动摇，没有动摇的理由。

人总是持有各自的处世为人的哲学。

人生就是把这个哲学作为船桨，在多事多难的人世的大海中不断向前划行。

人生中充满了不合理。有时就是使出浑身力气划桨也会停滞不前。前进不了的时候撞开他人的船继续往前冲的做法是非人之道。我们人类有时候为了顾及他人不得不停下船桨。

不知道辰也要把自己的船划向何方，至少在他划船的时候，有必要大声叫喊让别人的船把前方的路让开。忽略这一点是他的傲慢。

所以，他只能二者择一。

“跟护士们说清楚再回去，或者到患者那露个面再回去，你选择一个吧！”

安静的病房楼中，我的声音仿佛是别人的声音一般响亮地回响着。

护士们一齐沉默地看着事态的发展。御影护士像是忘记了刚才的哭泣，张着嘴发呆。

辰也沉默了一会，平稳地张口说：“如果哪样都需要时间的话，我还是优先患者吧！”

说着站起身来。

“阳子，对不起，帮我把毛巾和替换用的白衣拿来。”

阳子像是弹起来一样跑向里面的休息室。看着她的背影辰也接着说：“一点没有变化啊，栗原，你做的事总是超出预想。”

“我被当作怪人应当已经习惯了，不值得大惊小怪。”

“这么说也是老样子啊。不知怎么一下子想起那个时候啊。”

“你这话说的！像是在这之前一直忘记了似的。”

辰也稍微睁大了眼睛。

我依然严肃地说：“我从来没有忘记过，当然还有和你的友情。”

安静的病房中，我的声音消失的时候，辰也微微露出苦笑。

“傻瓜！只有一件事我要说清楚。”他一边摘下湿了的领带，一边稳重地接着说，“洗衣费可要由你来付！”

我重重地点了点头。

“你发什么神经啊！”

直美主任开完主任会议，见到我的第一句话就这样说。从阳子那里听说以后，马上就跑来追问我。

时间已经过了晚上八点。

“在病房里往同事大夫的头上浇咖啡，不是一般人做得出来的事。就说是怪人栗原，也做得太过分了。”

这次没有反驳的余地。可是，已经过去的事再说这个那个的也没有办法。

“要是你在的话也许不会发生这样的骚乱。年轻的护士们和辰也对立成那样，我看到不能不管啊。”

“那也不能做出比进藤先生更不像话的事情啊！我一直在努力，不管发生什么事都要温和地处理，这下全都完了。”

直美的眉头皱了起来。

确实，其他病房对辰也的评价不好，可在南三病房没有发生大的纠纷，与其说是辰也有所顾忌，不如说是直美主任善于处理的缘故。这个非常有能力的主任的作用不容忽视。

“后来进藤大夫怎么样了？”

“跟患者家属说明以后，马上就回去了，也就是十分钟之前吧。”

从七点开始向患者家属说明，正如辰也所说，费了一个小时以上的时间。

我在办公室里等了大约三十分钟，觉得不能总在这里泡着，就去查房了。辰也像是从会议室出来直接就回家了，错过了再打招呼的机会。

“进藤大夫没有很生气吗？”

“大概他理解了我的诚意。说我要是出了洗领带和衬衣的费用，他原谅我。”

“真的？”

“希望是这样。”

我说着大话，旁边的直美主任深深地叹了口气。

“进藤大夫也有自己的立场，在护士们面前受到这样的对待，本来可以平息的事情也难办了。”

“是的。可护士们也有自己的立场，而且，我作为那家伙的朋友也有我的立场。”

“完全不明白你的意思……”

直美主任手放到额头上，耷拉下肩膀。御影一下子跑了过来，到了我跟前，还是平日里战战兢兢的样子，可她猛地低下头说：“谢谢！大夫。”

“我没做什么值得感谢的事，不如说做了医生不该做的事，直美主任正在发火呢。”

“别不满意！”直美呆呆的表情嘟囔着。御影还在拼命地说：“可、可是，多亏了大夫，进藤大夫去做了说明，患者和家属都很高兴……各方面的情况都会好起来的。”

基本上什么都没有解决，可是看到刚才还哭着的护士现在很高兴的表情，也算心里踏实些了。

“而且，我意识到自己有些误会进藤大夫了。”

“误会？”

“大夫的说明，非常耐心、温和、容易理解，对于患者的提问，一个一个都回答了，在旁边看着，我都不由地觉得心里温暖起来。”

脸上泛出红潮的新护士，热心地说着。

“开始觉得是个很不通情达理的大夫，可看到他能做出那样耐心的说明，肯定不是恶人。我，今后要努力多理解进藤大夫。”

说着，又一次低头致意，跑了出去。

“到底是怎么回事？刚才说的。”

“年轻护士中常有的事，不用太在意。”直美耸了耸肩膀，说道。

“孤立无援的辰也要是有一两个支持者倒是件好事……”

“即便有支持者，还是解决不了问题吧。主治医生总是联系不上是不行的。”

“……您总是那样冷静而且正确。”

预感到偏头痛又要恶化，我用手指按住太阳穴。

看到我这样，直美只是不在乎地笑了笑。

“所以，不是和大夫您一个人有牵连的事。在有往同事头上倒咖啡这样的大夫存在的医院里，即便有像进藤大夫这样的人，也不是什么大不了的事。”

“不知道你这究竟是积极的、还是消极的意见。总之，这个病房没什么大不了的事，是因为你努力的缘故，其他病房不是这样吧。”

“你这么高度评价，我还有干的价值。”

稳重地笑着的直美，显得格外老成。

“好了，不管怎么说，南三病房不用担心。”

“那是值得庆幸的事。作为答谢,不让你加入栗原粉丝俱乐部了。”

“说什么怪话呢。粉丝俱乐部第一号会员可是我啊！”

直美满脸笑容坦然地说道，看着稍微有些不安的我，她又笑着说：“不知道吗？”

我完全败北。

“要是打算答谢，请我吃烤肉更让人高兴！好不容易请一次，我把阳子和御影也叫上。”

“看来烤肉的费用要相当大啊！”

我又一次按了按额头。

以前曾有过一次，带直美和阳子两个人去吃烤肉。两个姑娘居然吃了四个人分量的上等牛肉，害得我直担心钱包里的钱够不够用。

“喜欢的话我请你吃，你等着吧。”

不管怎样，先虚张声势地答应下来，我站起身来。

走过已经点了夜间照明灯的楼道，觉得窗外明亮，我停下脚步。

明亮的月光下，可以清楚地看到沿着河堤的樱花树。几天前才开始绽开的樱花，现在已经开了七、八分，仿佛雪片一般淡淡的色彩在月光下闪烁。

忽地一下有风吹过，看到树枝摇动，雪白的花瓣静静地飞舞，飘落到河面上。

等到不耐烦的老婆回到家，是在那几天后的事情。

第二章　樱花盛开的城市

初春的信州市内，显得格外充满生机。

平日没有那么多人来往的松本车站前到主要大道上，现在各种各样的人喧闹着。

背着巨大登山包的年轻人，手持钓具经过的父子，还有个子高高的外国情侣。最近这样的乡下小城里外国旅行者也增多了。

已经进入了五月的连休。

四月里才刚刚吹过带有冬季余韵的寒风的信州，到了这时候气温终于上升了。夜里虽然还有些寒冷，可在晴朗的白天，充满温暖的气息和人来人往的热闹气氛相辅相成，一眼望去到处都是春天的景色。

从这个充满春色的大街，往南下坡走过一条小巷，就到了深志神社。

像是被淹没在住宅区里一般的小小神社，拥有悠久的历史。特别是在它背后矗立着的镇守的树林，在一间间房屋中突然显现出来，像是走到另一个世界的入口一般，有种不可思议般的感觉。

与可以看到四季变化的大街不同，这里没有季节差异，不论什么时候来，寂静的院内都充满清静的空气。

“啊……”

走近石板铺成的小路时，老婆阿榛发出了感叹的声音。那是因为看到了拜殿旁竞相开放的樱花。几棵高大的樱树正在绽开着花朵，为神社投下淡红色的阴影。

樱花的种类都是江户彼岸樱。

和染井吉野樱相比，颜色稍有些浓厚。鲜艳的花朵仿佛在赞美期待已久的春天一般争先恐后地绽放。

老婆停下脚步，抬头仰望了一会，还是被它们吸引了跑向院内。茶绿色的连衣裙在樱花树下飘动。她跳跃般地跑过石板铺成的小路，从牌坊下穿过，一直跑到神乐殿旁停了下来，深深呼吸了一下，然后转过身来挥起手。

“阿一，全都盛开了！”

清脆的声音在寂静的院内回响。

我老婆就是属于森林里的人。

这个感觉很难向别人表达。

老婆在家的时候，是个端庄文静的女性，一旦跑进大自然，转眼间就会融入树木之中，自己也发出跳跃般的不可思议的光辉。令人吃惊的是，树木看上去也像是因为她的存在增加了活力。古梅树会将新的枝条伸向空中，瑞香的花也会骤然散发出清香。尤其站在樱花树下的老婆，宛如花之精灵，美丽而又生气勃勃，让人忍不住驻足欣赏。

我慢慢地走过石板路赶上老婆。

“几天前还只是开了六七分，转眼间一个花蕾不剩全都盛开了。像是阿榛回来樱花也高兴一样。”

我这样一说，小巧的老婆愉快地点点头。

然后我们又重新朝向拜殿，参拜后，我把视线转向老婆、樱花和天空。

晴朗的天空没有一丝云彩。

老婆结束了长时间的摄影旅行，今天早晨刚刚返回。

虽说是黄金周期间，早晨八点之前的松本站还是相当清静，饭田线普通列车的始发车到达松本车站时，下车的只有老婆一个人。

拿着跟自己身高差不多的大背包从车上下来的老婆，看到伫立在剪票口的我，拼命地挥着手。然后我们返回到御岳庄，放下行李，就来到深志神社。

每次回到家，到这里来打个招呼，是老婆的习惯。

“高远怎么样？”

“樱花非常漂亮。有人说小彼岸樱花的花色比往年淡了一些，可还是相当漂亮。甚至会让人忘掉照相。说是天下第一，是真的！”她笑着回答。

“什么时候能一起去就好了，阿一。”

“是啊。不过比起明年去高远，先说今年去御岳山吧。到了夏天一定去登山吧。当然要靠缆车上去。”

老婆发出爽朗的笑声，树上几只小鸟飞了起来。

“今天工作没关系吗？”

“现在还没有叫我。不过，心眼坏的病魔也许会在阿榛回家的日子故意使坏的。”

老婆又笑了起来。

“还是想听听阿榛的事，阿榛不会两周时间里都泡在高远吧？”

“嗯。去了一趟清内路。”

“位于伊那路和木曾路中间的一个小小的山村。有种被称作黑船樱的垂枝樱花，很有特色。最近一直没有机会去，就借这个机会去了一趟……”

只是看着活泼地讲个不停的老婆，我就觉得万分幸福。

“可是，令人担心的是木曾路的染井吉野樱。几年前还是漂亮的樱花树延绵好几公里，现在因为丛枝病的传播，状况大不一样了，也许再过几年都会枯死了……”

说着，好看的眉头聚到一起，把樱花的病症当做是自己的事情一般感叹道。我不知道丛枝病是个什么东西，可樱花树枯死肯定不是好事，特别是让老婆伤心更是遗憾的事情。要是人的疾病，我还可以发挥我的长处。樱花树的疾病完全是我的管辖之外了。一点办法没有。

参拜之后，我们正要并排着往回走，刚好看到一对稍上点年纪的夫妇穿过牌楼走进院内。

瘦瘦的男人身穿藏青色的夹克衫，女性穿的是青蓝色丝绸的娴雅和服。

我停下脚步，和男人的目光碰到了一起。

“先生！”

我一招呼，他露出了笑容。是古狐先生。

“哎，最近真稀罕，总在医院外碰到。”

“那是值得庆贺的事啊，比总在医院里见面要健全得多！”

“是啊。”先生点着头说。老婆礼貌地低头致意。

“我是栗原榛名，丈夫一直得到您的关照。”

“啊！你就是栗原大夫经常为之骄傲的能冲出世上最美味咖啡的夫人呀。总是听到这样的传说，今天见到真是荣幸。”

稳重的声音让老婆面带红晕再次低下头来。

“好可爱的夫人啊！”他身旁身穿和服的女性平静地说道。

“初次见面。我是内藤的妻子，叫千代。”

青蓝色的丝绸和服非常合体。要说是古狐先生的妻子年龄应该超过五十岁了，可她那稳重的举止中有种凛然的气质。个子和古狐先生差不多，可能和很有气质的立姿有关，感觉身材很高挑。

说年长而美丽大概就是这样吧。有一种过去在中宫寺里看到的弥勒菩萨像一般的气氛。这么说一点也不夸张。

我朝着弥勒菩萨鞠了一躬。

“自从当了医生，就一直得到副部长先生的照顾。总想什么时候报恩，到现在一点也没有……”

“经常听丈夫说到栗原先生。说因为有栗原先生在，自己也能干下去了。多谢您了！”

“那是我要说的话。肯定是先生因彻夜加班过于疲劳，把主语搞错了。”

听了我的话，夫人眉头稍微往上挑了一下，笑了起来。

“正如我听到的，栗原先生是个愉快的人。”

初次见面，不说是“怪人”，而说是“愉快的人”，不大常见。看来她还是不大会看人。

我把视线转回到古狐先生。

“今天是两个人一起散步吗？”

“嗯。好像病房那边比较安稳，再就是似乎进了今年以后白天在医院外走动的日子一次也没有过，所以打算好好地过一天。好久没有过的休息日，又正好是樱花开放的时期，真难得啊！千代？”

这样说着，古狐先生看了看夫人。千代夫人微笑着点了点头。小小的动作中透着一种温存，可以看出相伴多年的生活中培育出来的共同气息。

也许是心理作用吧，总是脸色不好的古狐先生脸上也显得有些红润。看来能给人带来活力的还是人。

“可以休息的时候放松去休息吧。最近看上去好像又瘦了一圈，再这样下去，还没给人看病自己就成了患者了。”

回答我的，是他身旁的夫人。

“栗原先生更忙些吧，工作的事适可而止，像我丈夫这样已经上了岁数还好，像您这么年轻，不多陪陪这么可爱的夫人可要受到惩罚啊！”

“我可没有把她撂在一边。”

弥勒菩萨说要惩罚绝不可小视。

我慌忙摆手辩解，老婆腼腆地开口说：“内藤先生能那么努力地工作，都是因为有夫人这样的贤内助的缘故啊！”

“别夫人、夫人地称呼，就叫我千代就行了。”

千代夫人用有些调皮般的目光看着老婆。

“大夫这种人啊，只要医院一招呼，立刻就把其他所有的事情忘到脑后。这种人，稍微对他们厉害点也许正合适。”

“喂、喂！千代，别让栗原大夫难堪。”

“明白。看到他们这样一对恩爱夫妻，就想跟他们开个玩笑。”

她若无其事地说完，用袖口掩着嘴角，低声地笑了。

“也许是接触到春天气息的关系吧。”

看上去她不仅仅是温和，还很有主见，有种长年支撑着古狐先生走过来的自信。古狐先生那总是充满深沉的目光中，也显现出在弥勒菩萨的呵护下，一种温顺和慈祥的神情。

“今天要是我们都能悠闲地度过一天多好啊，栗原大夫。”

古狐先生话音刚落，我口袋里的手机就响起了尖锐的铃声。一看显示屏，不用说也知道是本庄医院。接通后，说是糖尿病患者今早的血糖值超过了五百。这么高的数值，容易出现昏睡和酸中毒，不得不去看一下。

“辛苦啦！栗原大夫。”

“经常这样。”

和我说话同时，这次古狐先生的手机响了起来。

“哎！看来我也有事了。”那本来就细长的眼睛眯成一条缝。

“既然好不容易碰上，就一起走吧，栗原大夫。”

“荣幸之至。”

我点了点头，回头一看，正好和老婆担心的目光相遇。

本来是打算下午去松本城看樱花的，还是和往常一样，休息日往往会被一个电话彻底破坏。

胸中开始有些郁闷，马上让老婆爽朗的声音一扫而去。

“加油干吧！阿一。”

看到老婆举起握紧的小拳头说话的样子，立刻就感到有股清风吹过。

“没问题！”

我大声回答道，走了起来。

抬头看看天上，像是恶作剧一般晴朗无云，春天里风和日丽真使人心情舒畅。甩下这样的天气，跑到昏暗的空调完备的医院里，真是傻瓜！

穿过深志神社的牌楼，看到民居远侧医院的白色建筑。三百六十五天的红色招牌，今天依旧悠闲地伫立着。

一般成年人正常空腹时的血糖值应该是一百以下，偶尔升高也不会超过二百。高达五百肯定不寻常。患者是位四十岁的男性，一周前糖尿病恶化刚刚住院。

“什么也没吃啊，大夫。”

一走进病房，会田先生就在床上挺起胸来说道。看上去意识是清醒的，首先心里松了口气。

“听说午饭前的血糖值达到五百二十？”

“可是我什么也没吃啊！按大夫说的，除了医院的伙食以外什么也没吃啊！”

脸上像是有些不高兴。个子不高圆脸庞的会田先生，即便露出这样不高兴的神情，也还是显出一种和蔼可亲。不能被他吓住。

会田先生的血糖值，在刚住进医院的两、三天里控制得很好，可这几天又急剧升高了起来。考虑到这个经过，不得不使人想到他是不是只吃限制的饮食感到难以忍受，偷偷地吃了别的东西。可是，要证实这一点非常困难。

糖尿病最可怕的一点，就是不到最后危险的状态，不会出现自己能感觉到的症状。所以有必要让还显得健康的糖尿病患者住院接受管理。

“什么也没吃吗？”

“没吃。”他挺起腰板痛快地回答。

“最近和糖尿病相关的血液检查进步很快啊。”我一边用听诊器听着他的胸音一边说。

“要是检查饮食标志这个项目的话，吃了什么，吃了多少，马上就能搞清。”听到我若无其事地说道，会田先生的面颊略微抽搐了一下，“甚至能明白是面包、饼干还是饭团这样的食物种类。要是撒谎的话，一下子就能查出来啊！”

我扫了他一眼，正好和完全动摇了的目光碰到一起。

“是……是真的吗？”

“不是。”

我冷淡地回答道。

会田先生一下子噎了回去。好像要反驳什么似的，可最后还是低下了头。

“……对不起！”

“不是因为想治病才住院的吗。下次再吃的话就认为你是放弃治疗，为你办理出院手续！”

我口气严厉地说完走出了病房。这还算相当客气的。要是部长先生，没准会说：我从三楼窗口把你扔出去！或是把你转到整形外科去！

走到楼道里，意识到旁边就是留川丰子的病房。

悄悄地往里面看了一眼，窗边沐浴着阳光的床上，丰子戴着大大的氧气面罩睡在那里。旁边孤零零地坐着一直看着丰子的，不用说是她丈夫留川孙七老人。

老人不时像想起什么似的转动脖子，看一眼窗外的天空，然后又看看楼下盛开的樱花，再把目光返回到丰子身上。一天里就是反复着这样的动作。

“让他稍微休息一下，他也总是那个样子。”

从楼道走过的直美主任说道。

“他说就是回到没有丰子的家里，没人说话也没有事做，待不下去。听起来让人伤心，可他说得非常自然。我们也不好再多说什么了。”

我也只是沉默着点了点头。

据说留川夫妇结婚到今年已经七十个年头了。不是出生到今年七十年，而是结为夫妇七十年。这么长的时间，已经远远超出了我们可能想象的范围。

刚刚返回医护人员办公室的时候，碰到一个从楼道对面快步走来的穿白衣的男人。没想到是辰也。

白衣下是牛仔裤和衬衫这样的打扮，一看也是被突然叫来的。

“连休日也跑到病房来，变化令人吃惊。怎么啦？阿辰。”

对我夹杂着讥讽的问话，他苦笑着回答：“真希望你别再把别人说成没用的人。如果不来的话你会教训我为什么不来，来了的话又会嫌弃我来了。究竟让我怎么办？”

“不都是你自己弄成这样的吗。是有重症病人吗？”

“还是那个再生障碍性贫血的患者。好不容易环孢霉素起作用了，又开始出现贫血状态，昨天夜里还莫名其妙发起烧来。”

“是吗？难怪昨天夜里御影发愁，说跟你联系不上，是因为这件事啊。”

“别担心。发烧时的应对措施，使用的抗生素都拿来了，也没有其他能做的事情。”

坦然应对的老朋友的脸上，有种作为血液内科大夫毫不动摇的自信。

“真是能言善辩的进藤大夫。想必是能想到的都做到了。”

我只能又有些讥讽地回答道。

辰也苦笑着，叫住正好返回办公室的御影护士，详细地吩咐起来。御影非常认真地拼命记录着，接受完指示马上跑向药房取药。

“今天一天都打算在医院里吗？阿辰。”

“怎么可能。我安排好就回去。”

“还是很忙的样子啊，才上午十一点呀。”

我故意这样说了一句，辰也停下了要离开的脚步。

我伸出食指和中指，按到桌上。

“医疗部里有棋盘，来一局怎么样？”

辰也睁大了眼睛。

“没必要那么吃惊吧。”

“我以为那个秋天以来，你已经不想再跟我下棋了……”

“好像跟你说过，我没有那么狭隘。”

我对辰也小小的忧虑付之一笑。

“如果要害怕输给我而逃跑的话，我也只好打消念头。”

“叫你这么一说我无法拒绝。而且有个把小时就能决出胜负。是事隔六年的再战吧。”

“只是嘴上变得更厉害了。真希望你将棋的技法不要变得像对医疗的热情一样麻木。”

我悠然起身，加上一句。

“三十分钟以后就有乐趣了。”

三十分钟后。

“有什么乐趣啊？栗原。”

医疗部里响起辰也爽朗的声音，又看到他那沉稳而又熟悉的笑容。

沐浴着灿烂春光的医疗部，休息日里白天也没有人影，只有我和辰也面对面地坐在沙发上。

放在两个人之间的小棋盘上，辰也的军队保持着井然的阵容，与其相对的我军则显得有些混乱。

“真是一点不留情啊！要是把这个劲头用到医疗上，我就没有任何担心的了。”

“别没完没了地说个不停好吗？活在人世上总是困难的。说这话的是漱石先生吧。不规矩、不合理的事情堆积如山。”

我咂了一下舌，把手盘到胸前。

虽然拼命地反击，可还是非常惨淡的局面。王将的退路也被刚刚背叛的角将把守住，我沉思了一下，声音坦荡。

“认输！”

“事隔六年，别这样啊！再稍微坚持一会也没关系的。”

“嗯，虽说用了好久没用过的空城计，可赢不了还是老样子。看来需要新的对策。”

看了一下表，从开始下棋还没过了一个小时。又一次轻轻咂舌抬起头来，正好和辰也的目光碰到一起。

“怎么啦？”

“……什么也不问吗？栗原。”

“是说飞车的走法吗？”

“我说的是在东京发生了什么。”

我正要收拾棋子把手伸到棋盘上，听到这话停了下来，看了一眼老友。辰也那目不转睛盯着我的目光深处，有种期待般的光芒。

“希望我问吗？”

“我以为你叫我下将棋是为了这个。”

“……为了这个？要说一点没想那是假话。”我一边收拾棋盘，一边说，“不过，想了想，又觉得问你并不想说的话，不如直接给如月打个电话更快些。”

装作若无其事的样子扔出一颗炸弹，果然看出辰也有些动摇。

“我这里还有她手机的号码，我跟如月有过两年对局的交情，是脾气秉性都了解的学长学妹的关系，好久没联系了，去个电话没准她会高兴的。”

“栗原……”

“不过，最近诊疗太忙，没那闲功夫去打电话，遗憾。”

我最后把银将收到盒子里，抬起头来。

辰也只是沉默着看着我。目光中像是交织着思考、犹豫和困惑。

隔了一会，我说：“不过，你想说的话什么时候都可以，我可以抽出空闲时间来听你聊。”

我把简易的将棋盘折成两折，再把它放到装棋子的盒子里，站起身来。

将棋这种东西真是不可思议。有时即使对局中的战况根本没有记住，下棋过程中的情景却清楚地留在记忆中。

至今鲜明地留在记忆中的，是和辰也在他已经有了“医学系的良心”称号以后，五年级夏天里的一局。

时间是八月中旬，正好是大学暑假期间。

平日里很多学生你来我往的大学周围，一下子变得清静起来，平日的白天里也充满宁静的气氛。信浓大学外地入学的学生很多，一到这个时期几乎都回老家了。

每到这个时候，我总是捧着本漱石或是泉镜花的著作，在安静的校园中游荡。只是因为特意回老家过于麻烦，从信州松本回去需要一整天时间。

每天都是一样，大约早上九时溜达到没有人影的学生食堂的大厅里，把“将棋部”的牌子挂上，然后静静地研究将棋残局。当时我的行为可谓是相当稀奇古怪，仿佛是医学系夏天里的一道风景。

盛夏里的信州炎热地让人难以忍受，可是一旦到了阴凉处，气温就会骤然下降，使人感到舒适。食堂外面的大厅相当宽敞，还有来客用的沙发，再有个电扇的风凉，就成了相当舒适的场所。

上午下了十盘残局，其间喝着罐装咖啡，把从旧书店买来的泉镜花的《春昼》看了两遍，就到了下午。每天到了这个时候，辰也做完了在自家荞麦面馆帮忙的活儿，也会来这里露面，立刻就会杀上一局。

“真是大夏天了，夹竹桃都开了。”

辰也一边推进着飞车，一边稳重地说道。

听他这么一说，我把目光投向大门旁边的树丛，虽说已经是下午三点，可日光还是强烈地让我眯起眼睛。从有些昏暗的室内望过去，晴朗的天空下显得有些晃眼，沐浴着强烈日光的墨绿色植物篱笆旁，绽放着鲜艳的红花。

“那花每年也没怎么收拾却开得那么漂亮，是医学系七大不可思议之一。”

“要说七大不可思议，听说过一个。每天一个人不停地研究残局的栗原，到现在没赢过我一盘，据说是其中一个。”

“非常浅薄的见解。听说过孙子兵法吗？‘百战百胜，非善之善也；不战而屈人之兵，善之善者也’。”

“是吗？”辰也随便回答了一句。手下依然不留情面。那个长长的手指，将我军阵营中的“角”还原成了“马”。

“今年打算什么时候回老家呢？栗原。”

“哦，现在还没有决定。学校里好不容易才有个闲静的时候，不想特意冒着酷暑长途旅行回去。”

“可是，总不回去，家里会想念的吧！趁现在能尽点孝心的时候多回去看看。父母亲也不能永远活在世上。”

辰也的话中带有分量。辰也的父亲是在他刚刚进入医学系的时候去世的，得的是胰腺癌。发现的时候已经扩散了。

他现在和母亲两个人一起生活，像是有时心里会出现不便言表的伤感。有时会一个人呆呆地抬头望着天空。我不知如何去安慰朋友，只是一个劲地推进我的桂马。

“到底是‘医学系的良心’，确实有说服力，我会注意的。”

“什么？你说的。”

“大家都这么说你的。说你是充满杀机的医学系里剩下的最后的良心。”

“不明白什么意思。”

“不明白吗？你办的在教室里设置空调的那件事，不论哪个学年，都在高声叫好啊！”

我这么一说，辰也苦笑着：“那不算什么大事！”

信浓大学的历史很久，教室也相当老旧。最大的问题是暖气经常出故障。在隆冬里，就是正午，气温也会连日低到零度以下，暖气出故障的教室里简直像地狱一般冰冷。想象一下在教室里呼的哈气都是白色的，就知道当时的情况多么严重。

学生会每年都要向大学事务机构提出要求，改善如此恶劣的环境条件。可因为经费问题总是得不到解决，只是设置了简易火炉，如同杯水车薪根本解决不了问题。

彻底改变这种状况的，正是辰也。

他自己要求会见各研究室的教授和大学事务当局负责人，滔滔不绝地劝说，组织募捐，靠他的能言善辩慢慢改变了风向。本来像那些不现实的学生运动一样，教授根本不把他当回事。辰也硬是靠他诚实的性格和不懈的劝说，给了大家明显不同于往年的印象。

大约做了半年左右的工作，终于见到了效果，这个夏天，主要的教室都开始安装新的暖气。暑假结束前后，所有工程也应该结束。

辰也用他长长的手指推进着金将。

“我只是觉得,不得不用冻僵的手指记笔记,这件事本身就不合理。我生长在信州还算好，对于从更暖和地方来的人来说，这个环境也太残酷了。”

“确实，从四国来到这个地方的时候，感到不可思议。西部地区三月已经谢掉的樱花，信州五月才开。开始还高兴一年可以看到两次樱花，可没想到了冬天，放在厨房里的酱汤就会冻成冰块。那时候，真想跑到什么地方去啊！”

辰也脸上的微笑变成苦笑。

“再就是，这件事不是我一个人的功劳。你不也一直陪着我去教授室嘛！”

“我只是去看看热闹，盘着手在旁边看着，什么也没做。”

“不是那样。”

他在棋盘上布下要置我于死地的持久战最强阵容，然后抬起头来:“在生理学教研室不是非常活跃吗。最大的难关是那个教授，是你去制服他的。栗原的本事也很厉害啊！‘医学系的良心’这块招牌应该给你。”

他说着，发出愉快的笑声。

第三生理学教研室的教授，是信浓大学众多离奇古怪的教授中最负盛名的怪人，知名度相当高。我们前去谈判的时候，他脸上挂着冷笑，根本不予理睬，只是说:“以往的学生不都是在这样的环境中过来的吗？”

拿以往的忍耐为例去应对新的意见，是思想僵化的老年人的惯常做法。这样的话没法讨论或交涉下去。

看到垂头丧气准备返回的朋友，我深思了一会，终于想出一条妙计。返回途中，顺手将与生理学教研室暖气装置相连的煤气开关一个不剩地全部关掉。

当时正值寒冬腊月。不知不觉间所有的暖气全停止了工作，室内马上化为最寒冷的地区。很快一个职员发现了原因，把煤气开关打开了。被叫回来的我当然遭到了严厉的训斥。可从那以后，那位教授的态度有了明显的变化。

前人所能忍耐过来的寒冷，教授自己也忍受不了。就是这个道理。

“你做的事从来都是无法预测。像是不感兴趣一般，没想到一下子会做出那样危险的事情。”

他爽快地伸出手去，一下子把我的处于敌军阵营中孤立无援的角将吃掉。

我咂了一下舌：“你不是将约翰·肯尼迪的名言作为座右铭吗，我也许多少受到些影响。”

良心的平静是我们唯一可靠的报酬！

辰也说出这句名言，是在为安装暖气设备与校方交涉难以取得进展的时候，学生会里不管是谁都把问题往外推，而辰也却受人之托，主动承担起交涉的重担。我对于这类活动，从来都是清楚地划出一条线，只是站在一旁观望。这次吃了一惊，劝他不要那么轻举妄动。而他对我的回复，就是这句名言。

“在当今为了利益彼此厮杀的世界里，确有将那些不切实际的想法付诸实践的人，让我着实吃了一惊。你的过于直率，让我不能再像是看热闹一样在一旁观望了。”

“那句话是父亲喜欢的名言，从小就一直听他讲。不过，别总说过去的事……”他慢慢地伸出手来。

“你下得真不怎么样啊！作为值得纪念的第五百回合太没劲儿了。”这次他又吃了我的飞车。我军阵营渐渐走向崩溃。我盘着手，瞪着棋盘。

“前辈！”

突然飞来爽朗的声音，两个人一下子都抬起头来。

大门口出现了被阳光晒黑的女性的笑脸。不用说，是大家知道的第三位俱乐部成员如月千夏。大概是刚参加完网球比赛，垂到肩膀的黑发现在盘在了头顶。

“还是在这里啊！”

短裤下两条长腿毫不吝惜地暴露在外，总觉得比外面的阳光更加耀眼。与这个闪闪发光的美丽学妹相比，盛开的夹竹桃也成了配角。

我按捺住内心的兴奋，坦荡地回答：“噢，如月。网球部那边没事了吗？现在是东医体集训的时期吧。”

所谓东医体，是东日本医科大学学生综合体育运动会的简称。听起来相当夸张的名称，简单说，就是东日本地区的医学系运动会。

“今天结束的早，我说还有将棋部的活动就出来了。”

觉得只是她那富有活力的声音，就能让昏暗的食堂里亮堂不少。

我把手放到额头上。旁边的辰也苦笑着替我说了起来：“别整天将棋部、将棋部地说好吗，如月。栗原会招来怨恨的。网球部部长会说：别总拉我们的主力去做那些无聊的事！”

“没关系的。栗原前辈虽然有各种各样的评价，可在前辈们中还是相当值得信赖的。”

“什么啊，你说的……”

“首先，邀我参加将棋部的不是栗原前辈吗，要把整整一年连续参加俱乐部活动的成员赶出去吗？”

被她这么一说，倒是我不知如何是好了。

确实，我在“明彩”拐弯抹角地劝她加入以后，不知不觉已经过了一年了。这一年里，如月比辰也更加频繁地参加活动，无疑是非常宝贵的正式成员。

如月走到我们身旁，探出头来越过我们肩头像是窥视般地看着棋盘。盘在头顶的黑发摇动着，散发出与将棋部不相称的薰衣草香气。

“进藤前辈的防守阵容还是那么坚固啊！咦，栗原前辈的这个是什么啊？”

“看看，还是知识浅薄吧！一看就是美浓阵啊。”

“这就是美浓阵吗？”

“被击溃后的美浓阵。”

我盘着手沉稳地回答，如月目瞪口呆。

旁边的辰也面色轻松地插话说：“如月，别听他的。这就是栗原最擅长的‘空城计’。”

“空城计？”

“这个阵容看上去到处都有容易攻破的漏洞，反而让进攻者为难，到底从哪下手最好呢？”

“噢，这手真厉害！”

怎么听也只觉得是两个人一起在戏弄我，可这个时候还是别太认真为好。

“空城计曾是蜀国诸葛亮用过的计中之计，熟练掌握需要相当的经验。”

我悠然自得地告诉她，然后从容地加上一句：“认输！”

“现在就投降吗，好像还有不少步可以走呢。”

“四百九十九败之上再加上一败，对我真是无关痛痒。比起这个，非常有前途的后辈撇下网球部来了，不能不请她下。”

“原来如此，有道理。”

辰也笑着站起身来。

如月马上坐到那里。

“让子怎么办，是让飞车还是角，你说吧。”

“不，今天我想不要让子跟您下，栗原前辈。”

她一脸认真地说道。我反而紧张了起来。

虽说如月只是从父亲那里学到一点点技法，怎么棋术这么高明起来。最近一不留神让子给她，经常变成非常危险的混战。

“要是太得意了可不行啊！”

“啊，前辈，来真的可不行呀！”

“说什么呢，作战本身不就是真真假假的嘛。我可不客气了，如月。”

“拜托了！栗原前辈。”

爽朗的声音，在空旷的大厅里回响。听着那动听的声音，慢慢地挪动着棋子，这个时候对于我来说是无比幸福的一刻。

事隔六年的对局又以我的失败而告终。终于做完病房的工作，已经是太阳下山的时候了。

沿着每天回家的路往松本城的方向走，黄金周期间的二之丸广场上挤满了观光客，沸沸扬扬。听到咔嚓咔嚓轻微的响声，是大家把沐浴着夕阳的黑色城楼收藏到相机中发出的声音。而真正的绝美景色位于城楼的背后，很多人并没有意识到。

我在护城河旁停下了脚，背朝着城楼，眺望着远方的北阿尔卑斯山脉。

常念岳的左侧可以隐约看见枪岳的威容。五月里的这个时节，在特定的时间，太阳会从枪岳的顶尖笔直落下。你来我往的游客中，有人架上三脚架，朝着和城楼相反的方向，就是为了这个景色。当然需要一直凝视着它，可过于凝视的话，由于阳光的关系眼睛会疼，需要格外小心。

我把手遮到额头上，眯起眼睛望着。正在下沉的夕阳之下，可以隐约看到高高耸立着的枪岳的顶尖。

回到御岳庄，打开“樱之间”的拉门，我不由瞪大了眼睛。

看惯了的房间里，伫立着一个身穿和服的女性。

身着漆黑和服的小巧的身影，在夕阳中半身被染成暗红色，仿佛是火焰中的精灵。一瞬间产生了这样的幻觉，不由觉得是不是进错了房间。不是。转过身来的，正是老婆阿榛。

“你回来啦，阿一。”

回过头来的老婆，看到我吃惊的样子马上脸颊上有些泛红。

“怎么啦？阿榛。”

“对不起！”

“没必要道歉。很合身啊！”

随口说出来的话，让老婆的脸又红了起来。

她马上收拾起脚边的杂物盒子之类的东西，又说：“今天一直和千代女士一起，过得非常愉快。”

据老婆讲，早晨在深志神社分手以后，和千代夫人两个人到了街上。在樱花盛开的松本城公园散步后，又去了中町街的杂货店，中午两个人还一起吃了午饭。

“第一次见面就熟到这个程度，阿榛还是自来熟啊！”

“不是我，是千代夫人非常温和，和我说这说那，我也高兴得不得了……还告诉我好多和服的事情。”

阿榛说着，要解开和服的腰带。

“好不容易穿上，没必要着急收拾吧。很好的丝绸啊！”

“是妈妈的遗物。从东京出来的时候，一直收藏着的婶婶拿给我的。不知怎么觉得穿的话可惜了。今天跟千代夫人一说，她说和服这东西穿的话才能保存得长久……”

老婆一边收拾着桐木箱，一边不好意思般地说道。

我老婆是个孤高的人。

从小父母双亡，被寄养在远亲家长大的阿榛，对于父母几乎记不得长相，只是残留着一点点回忆。据说其中就有妈妈穿着这件大岛丝绸和服的隐约形象。

阿榛父母是怎么去世的，我知道得不多。听说是妈妈病死不久，父亲遇到交通事故去世的。她几乎不说父母的事。不愿说的事我也不去问，这是我的原则，不过有时还是有些担心。

“想回东京吗？阿榛。”

我装作若无其事地问道，老婆反而露出不可思议的面容，然后浮现出微微的笑容：“对于我来说，想回的地方，只有阿一在的这个御岳庄。东京没有我待的地方。”

“那不是对不起叔叔婶婶吗？”

“叔叔婶婶都是很好的人。可不能因为这个血缘关系什么时候都依赖人家啊。完全自立是最好的报恩。”

老婆还是对自己要求很严格。

她说的道理要说对确实很对，可也不能一个劲儿地称赞。依赖他人这件事本身也是人类具有的美德之一。

“没必要那样赌气，不管什么事都一个人扛着，这是阿榛唯一的缺点。阿榛不是一个人活在这世上啊。”

老婆有些吃惊般地回过头来看着我，过了一会才高兴般地点了点头。

“这样一说我想起来了，阿一。千代夫人说，下次一定两个人一起来家里玩吧。大概能有两个人一起去的日子吧。”

“去先生家？”

“千代夫人说，还想再见到阿一，说早上一起说话觉得很开心。”

的确，人和人的缘分从来都是不经意又不可思议的事。我刚回答“知道了”的时候，突然听到很高的声音飞进来。

“大夫，真稀罕，今天在家啊！”

不用说，是男爵。

“门开着，男爵。”我刚回答，拉门哗啦开了，露出了叼着烟斗的穷画家的面孔。看到眼前的老婆，眼睛一下子瞪得溜圆。

“哦，这下不得了啊，榛名公主真的就是公主啊！”

“男爵先生还是这样会说话呀！”

“我不会撒谎的。不对、不对！一见到公主把正事给忘了。”

“不就是有空的话，一起喝一杯这样的事吗！”

“正确！”

愉快的男爵还是老样子。

站在他身后的是摇晃不定的铃挂君。

“屋久杉君也想一起吃晚饭。”

“什么？你说的那个屋久杉君。”

“说是铃挂君课堂讨论的题目。让他做一个有关屋久杉①的综述发言。他既没去过，也没见过，快愁死了。正好，好像还没见过刚回来的榛名公主吧。”

“你好！”铃挂君漫不经心地问候着。还是补习班学生一般的风貌进到屋里，一看到我老婆，脸马上就红了。

眼尖的男爵看到，笑着问道：“脸怎么红了呢？屋久杉君。”

“不、不是的，没什么……”

“看来是见到这么可爱的公主吃惊了吧？”

看到铃挂君张皇失措的样子，男爵非常高兴。

“好像对喝酒出道挺早，对女性却是一点不知道。这可是在研究屋久岛的杉树之前，必须掌握的研究内容呀。”

“男爵，天还没黑呢，别说些没品位的话好吗。”

“对不起！对不起。最近一直清静的御岳庄里一下子热闹起来，我也太高兴了。哈哈哈！”男爵的笑声回响着。

老婆马上微笑着说：“那么，我来准备晚饭。”

“不用阿榛动手，旅途劳累了休息一下吧！”

“不，大家好不容易来一次，我也想露一手啊。”

挽起袖子用右手做了一个加油的动作。老婆喜欢男爵的笑声，而

---

① 译者注：日本屋久岛上生长的巨大杉树。

男爵又是个非常快活的人。这两个人在某些地方不可思议地对脾气。

“那我也帮把手吧！”

“哦，屋久杉君，你还挺机灵的。这样做很重要。那么，我和大夫准备酒吧。”

“男爵，准备和痛饮的意思相当不同，你总是搞错！”

“就听我的吧！”只是气势很足，却让人感到一点都靠不住的回答。

“顺便说句，大夫。一边准备酒，一边来一局怎么样？我还想报上次的仇呢。”

还是从一开始就要喝酒啊！

“没关系……”

那能轻易报得了吗？刚要说，男爵又喊了起来：“当然，大夫要让我飞车和角，然后我们就堂堂正正地决战。”

要是跟他解释“堂堂正正”的意思，不如让了飞车和角再赢了他更快一些，我做出这样的判断。

医学系五年级的秋天。

那是学生时代的我和辰也最后的对局。第五百二十战，也是我唯一取胜的一局。

虽说已到秋季的九月，但还是留有浓厚的夏季余韵的时节。

为期两个月的暑假马上就要结束，白天里阳光依然那么强烈，有时甚至可以说是烈日当空。不过，太阳落下后气温会降低很多，环境宜人。将棋部里非常舒适。食堂里也有了从老家返回的学生，稀稀落落地来回走动。

和往常一样两个人面对面坐着，我悠闲地说：“今天怎么啦，好像很给我留情面啊，阿辰。”

棋盘上，我军一直维持着坚不可摧的阵容，而辰也那边却乱了阵脚，罕见地出现了与往常完全不同的情形。平日里辰也若无其事的表情和毫不留情的手法，这一天根本没有显现出来。

“想作为夏天最后的回忆送给我吗，是不是有这样无聊的打算呢？”我手中玩弄着刚刚拿下的飞车说道，“这次可要打破你的连胜纪录了。这么一个好日子如月不在真遗憾。”

辰也还是头也不抬地看着棋盘。过了一会，还是以这样的姿态像是嘟囔般说道：“……栗原，有点事必须跟你说。”

“要是为你的劣势辩解我可不听！”

看我还是说着俏皮话，辰也终于抬起头来。目光中有种坚定不移的神情。在那目光深处，可以看到像是担心我一般奇妙的阴影。

我心里有些发怵，收起了笑容。辰也接着说：“是千夏的……不，如月的事。”

千夏！听到这个很不习惯的称呼。

一瞬间，我突然像是意识到了什么。意识到却没说出来。辰也说出了我想说的话。

“我们在相处。”

我觉得那是一个比平常要冰冷得多的傍晚。

“并不是要向大家宣传，只是觉得不让栗原知道不行。”

“……我不记得说过要你报告什么……”

“千夏……”辰也中断了一下，马上又说了起来，“因为千夏一直爱慕着栗原。”

眼看就要落下的夕阳照到棋盘上。

我布下的那么优美的美浓阵，被染成了红色，在棋盘上呈现出凹凸不平的影子。

“我也曾想帮你们俩，可是……”

“将军！”

我的手平静地移动着棋子。感叹这手非常有效。辰也显得有些狼狈，赶紧让他的王逃开。

“一年来，你跟千夏只是下棋。”

“将军！”

只是下棋！我有些吃惊。和如月对局是我最大的乐趣，没有比那更高的追求。自己的失策马上显现在眼前。

辰也动了一下王，然后抬起头来。

“栗原，我很喜欢千夏。”

坚定的声音。

“而且你是我的朋友。所以，必须要告诉你。”

“让人感到闷热的话啊！”想说句笑话，可到了喉咙口没有说出来。握着飞车的手也稍微颤动了一下。

究竟沉默了多长时间不好确定。只记得我用没有生气的声音应了一句："真是件可喜的事！"

"栗原……"

辰也像是稍微放松了一些肩上的紧张。

"我相信你会祝贺我们的……"

"不是祝贺你。"

我把握在手中的飞车，慢慢地放在辰也的王的旁边。

"是祝贺我第一次赢了你。"

"将军！"我说道。

杀出最后一招。恐怕是跟他下棋的五年中最高的一招，也是决胜的一招。

"真是值得祝贺啊！"

秋天的天黑得很快。没有旁人的大厅角落里已经有了夜晚的气息。

"像你这样下将棋的男人，把如月托付给你真有些不放心啊！"

"栗原……"

"不过，可喜的事还是可喜的事啊……"

终于把要表达的意思表达了过去。

不必去弄清什么是正确，什么是错误。只能说我在这个时候对眼前这个正直的男人表示祝福，至少有一半是真心实意。

丝毫没有意识到，美丽的后辈对自己持有好感，一年左右时间只是满足于作为将棋的对手。与我相比，诚实正派的朋友，对于如月来说不正是般配的对象吗，我感慨道。

视野的边缘，看到辰也什么话也不说，慢慢地垂下了头。

“将棋部该解散了！”

我平静地说道。

远望着夕阳缓缓落下的窗外。

“假期结束后马上就是毕业考试，我们也不能总是玩下去。如月也没有其他的人对局了。”

再把视线返回到棋盘上，真是无可非议的完美胜利。尽管如此，没有一丝喜悦和感动。

我赶走了还想说点什么的辰也。回到医学系宿舍的时候，已经是太阳早就落下的半夜里了。

一进大门，刚从老家回来的几个学生正在一层的食堂里聚餐。和以往一样大家光着膀子喝着啤酒。要是以往怪人栗原是从来不参加的，只是这天我沉默着加入了酒席，抓起根本不好喝的罐装啤酒。

“一止，真稀罕啊！”

说这轻浮的话的，是学年第一又黑又大的怪汉，名叫砂山次郎。就是这家伙，只是偶然住在宿舍隔壁房间，他却以此为理由，到处吹嘘我是他的挚友。

“怎么满脸愁容的，发生什么事了吗？”

“没有什么发愁的，这张脸生下来就这样。”

我一点不客气地回答后，把罐装啤酒一气喝干。

空腹喝下啤酒，感觉世界有些晃动。

“砂山，今天陪我喝到早上！”

听我一说，黑大汉有些吃惊的样子，然后马上微笑。

“好啊！陪你到什么时候都行。不过有个条件。”

又拿了一罐啤酒递给我。

“砂山砂山地叫着，像是外人似的，叫我次郎吧！一止。”

黑脸笑着，一瞬间有种说不出的感觉涌了上来。我马上举起啤酒大声叫道：“干杯！砂山。”

第二罐也一口气喝干了，无意中把目光投向宿舍的内庭。已经凋谢了的夹竹桃，在淡淡的月光中，随着风慢慢地摇动。

医疗部的沙发上，大狸先生和古狐先生面对面坐着，中间放着将棋盘。

半夜里我返回到医疗部，看到这样罕见的场面，让我停下了脚步。

隔着破旧的棋盘，体格健壮的大狸先生和骨瘦如柴的古狐先生面对面坐着，真是一道难得见到的风景。仿佛是阎罗王和死神在商量着轮到谁下一个去那个世界。

“噢，阿栗，总是这样辛苦。”

随着爽朗的笑声，大狸先生举起了手。我扫了一眼棋盘，又觉得迷惑了。

“是夹击将棋？”

“对，是夹击将棋。”

棋盘上十八枚卒子，相互间混杂在一起对峙着。

“看到桌子上放着棋盘，就想跟部长先生下一盘了。”

“好久没下过了，内藤。还是学生时代玩过不少，是不是有五百局了？”

“说什么呢，和先生下将棋的事一次也没有过啊！”

面对大狸的笑声，古狐稳重地微笑着。

一丘之貉。从来都是这样，不清楚他们到底为了什么目的。要是想去搞清他们的真实面目，恐怕只是白费工夫。所以，适当的时候转换话题。

“副部长先生，前两天老婆承蒙照顾，说是千代夫人陪了她一整天……”

“哪里哪里，千代说过得很愉快，还要感谢你们呢！”他用细长的手指推进一下卒子。

“我家没有孩子。不管是我还是千代，看到榛名小姐，像看到女儿一样的心情。下次务必请你们两个人一起到我家来玩吧！”

“好的。不过为了这个，首先我们都必须经常回家啊……”

听了我的话，古狐先生苦笑着：“是啊，连家都回不了，招待也好做客也好都做不到呀！”

“现在虽说增加了一名大夫，可患者增加得更多。”

“那个新增加的内科大夫，最近好像干到很晚吗。”

大狸先生也插话说道。

“半夜在病房楼里也看到过。”

“有再生障碍性贫血的女性患者。毕竟是专业领域的治疗，总不能全盘委托给他人，所以才跑来吧。”我一说，大狸先生和古狐先生同时浮现出各自的笑容。让人觉得有些可怕。

“怎么啦？”

“没什么。不管怎么说，阿栗好像还是担心进藤啊，我想。”

“当然有些担心。他干还是不干，直接影响到我们的工作量。就是这样的，你说的那个进藤。”

不理睬我的抗议，古狐先生张口说：“不是因为您，近藤大夫才有了些变化吗？”

“对我评价太高了。我可什么也没做。”

“从头上往下浇咖啡，还说什么都没做，好有气魄啊。”

他笑嘻嘻地点出问题的实质。

“不过，过于激进的做法也需要考虑。进藤大夫按时上班、按时下班，又没做任何异常的事情，而且他确实是优秀的内科医生。”

意外的说法。

古狐先生眼里的辰也的形象，和我看到的好像相当不同。

“说什么呢，内藤。好像非常喜欢进藤嘛。”

“也并不是那样……哎！先生，不小心可不行啊，这个子我就吃了啊！”

古狐先生的手轻轻一动，从棋盘上拿走了大狸先生的一个卒子。

不能总看狐狸们下棋。

我走出楼道开始查房。

心力衰竭、心力衰竭、肺炎、肺炎、尿路感染、心力衰竭、肾功能衰退、肺炎……眼前病房中的患者都是八十岁以上。我走在这样的高龄社会的缩影中，来到留川丰子的病房前，听到屋里传出嘶哑的微弱歌声，我停下了脚步。

“木曾的……乘船的人……”

令人怀念的旋律。是民谣《木曾节》里的一段。

声音并不大，可是觉得有种能打动人的深沉的回响。

我悄悄地走进病房。丰子的病床旁，陪护的孙七老人像往常一样孤零零地坐着，白眉毛下的眼睛闭着，小小的身体前后晃动。唱歌的是孙七老人。

“木曾的御岳 nan-ja-la-hoi，

“夏天里依旧很冷 yoi-yoi-yoi……”

别有风味的歌声令人惊讶。简直让人怀疑：这是九十五岁老人的声音吗？

绝妙的抑扬顿挫、时断时续的声音。像古寺中的大钟一般沉重有力的回响，仿佛在述说老人近一个世纪的人生。

我站在门口听着。

四个卧床不起高龄者的房间里没有任何动静，只有孙七老人的歌声在静静地流淌。连总是不停地咳嗽的其他患者也竖起耳朵听着。

唱完第一段，丰子轻轻咳了一声，孙七老人一下子睁开眼睛，看到了我，微微低了低头。

“是大夫啊，对不起！丰子她喜欢歌。”

“没关系！我也不由听入了迷。我看到孙七先生唱的时候，其他患者也都很平静。”

“过去在家的时候总是唱给她听。”

老人瘦瘦的肩头轻轻地摇动，是他在笑。

“《木曾节》是丰子最喜欢的歌。去年我们还一边看着木曾路的樱花一起唱过。今年就剩我一个了。”

他轻轻地叹了口气。

“是不是再也不能一起唱了？”

声音很平淡，可里面似乎蕴藏着哀愁。

我还没有回答什么，孙七站了起来。

“总是这么晚还麻烦您。我明天再来。拜托您了。”

说着，孙七老人轻轻地走出病房。

病床上，丰子在氧气面罩下发出轻微的呼吸声。呼吸状况还好，不过痰的量较多，从X线照片上看也难说有所改善，究竟能撑到什么时候不好说。

每个人都有自己的时间啊。

我只能和其他走过去的生命共同拥有这个时间。

内科大夫没有武器。

外科或是妇科大夫，一到紧要关头，还可以用手术刀解决问题。内科大夫没有这个手段。有的只是去病房查看的两条腿。这两条腿交互迈出，缓慢持续地走着，这就是内科大夫。

做完三十个人的查房返回到医疗部，已经过了晚上九点。看不到大狸先生和古狐先生的身影，只是成排的电子病历终端，发出淡淡的荧光。

看到屋角有个熟悉的巨汉的身影，我停下脚步。

像是有些放心一般地叹了口气。在这样的夜晚，看到这个又黑又大的身影不知怎么总有一种松口气的感觉。当然，不会流露到外表。

“累了吧，一止。”

医疗部里回荡着威严的声音。

“那还用说。累啊！”

我沮丧地答道，坐到沙发上。次郎马上站了起来，到茶水间去准备咖啡。

“阳子说了，收了太多高龄者，栗原先生也够受的。”

“有一个具有出色观察力的恋人倒是件好事。次郎你什么时候也能学会啊。”

“说什么呢！想让我每次见到一止的时候也问：不要紧吗，栗原大夫。’”

“你小子要是说一次，我就用胃镜敲你的脑袋，敲坏了的胃镜的费用也要你去付。”

哈哈哈！他发出轻佻的笑声。从茶水间回来的次郎在我跟前放下一杯咖啡。不管多忙，或是处于什么逆境，从未见过这家伙说过软话。只是这一点我比不上次郎。

我叹着气，喝了一口咖啡，嘴里立即充满令人毛发悚立的猛烈味道。

“……砂山牌特制咖啡依然健在啊！”

我张口结舌地嘟囔一句，砂山马上误会了一般高兴地笑了起来。

次郎做的咖啡，是本庄医院的名产“砂山牌特制咖啡”。

做法非常简单。取来一个哪儿都有的咖啡杯，往里倒入令人难以置信数量的咖啡粉末、再加入大量的砂糖、注入开水、完成。喝上一杯，三天三夜的疲惫都会被消除，简直是一种猛药。可有时极为有限的健康也会同时失去，所以使用上要特别注意。

我依靠在沙发上，厌烦地看着美滋滋地喝着毒药的次郎。

“外科也好像很忙啊，今天有急症患者？”

“刚刚急诊处来了个嵌顿性腹股沟斜疝患者。大概要做手术。”

“连日都是紧急手术，真服你们了！”

“不仅是外科，这几天循环内科好像也是每天半夜里来心导病人。哪儿都很困难啊！”

心导是心脏导管检查的省略语，意思是为心肌梗塞患者扩张堵塞血管的处置。

“心肌梗塞是一种分秒必争的疾病啊，容不得半点犹豫，无论如何也要先发制人。被叫来的循环内科的大夫是很辛苦的……”

“叫了吗？”突然飞过来一句，回头一看，是循环内科的自若先生。因为他什么时候都是泰然自若的样子，所以我称他为自若先生。他是心脏疾病的行家。

“好久没见！栗原大夫、砂山大夫。”他用深沉的男中音说道，慢慢地在沙发上坐了下来。

次郎大声地说了一句“您辛苦了”，进了茶水间。要是打算给自若先生也送上一杯砂山牌特制咖啡的话，还是在适当的时候制止他好些。

自若先生虽说连日来都有紧急心导检查，可至少表面上看泰然自若的态度没有丝毫变化。

“在同一家医院里却说好久没见，有些奇怪啊。可确实是好久没见了，先生。不要紧吗？”

“患者的状况吗？”

“先生的身体。”

“没问题。”

这是自若先生的口头禅。

“可是，好久没见面的大夫们的会话中，比起患者的状况，更担心彼此的身体，还是有些怪怪的啊！”

“我也有同感。”

自若先生悠闲地看了看手表。

我搭话说：“还有什么处置吗？”

“二十分钟后胸痛患者的急救车到。看情况也许还要做心导。”

“那太辛苦了！”

“从二十年前就是这样，没问题。”

他静静地回答道。次郎端着咖啡从茶水间返了回来。

“先生，辛苦了。喝杯咖啡怎么样？”

“不好意思，那我不客气了。”

看到自若先生痛快答应的样子，我慌忙发出制止的声音，可略感奇怪的自若先生却说：“没问题。我不是那么在乎味觉的人。”

他静静地喝了一口，一瞬间就像被冻住一样，一动不动地足有三秒钟，慢慢地把咖啡杯拿开，仔细地盯着里面看。

压低的声音在医疗部中回响。

“……有问题。”他把头转向次郎，“砂山大夫，这是什么？”

“这个吗，只是咖啡啊！”

看到次郎一边回答，一边坦然地将手中的咖啡喝干。自若先生像是胆怯似的微微颤动了一下肩膀。正好窗外传来急救车的警笛声，先生如同获救了一般站了起来。

“好像患者到了，我先告辞了。”

平常泰然自若的先生罕见地慌慌张张地出了医疗部。

“不要紧吗，先生。脸色有些不好，是不是累了呢？”

“脸色不好吗，不是累了的关系。”

“那是怎么了呢？”

“……没什么。”

我也没劲儿再跟他争论，闭上了嘴。

在感觉迟钝的次郎面前，我的一点点气力，和自若先生无可非议的沉着，好像都没起任何作用。

再次坐到沙发上的次郎，像是想起什么开口说：“对了，听阳子说，病房咖啡事件，终于还是做了那样的事啊，一止。”

“你总是误会，我只是不小心把咖啡弄洒了，碰巧辰也在那下面。”

“是吗，是那样吗？”

不懂得玩笑的男人。

“可是，阿辰好像正经些了嘛。总说他不来不来的，最近就是这个时间有时也能在病房看到他。”

“有重病患者。考虑再生障碍性贫血的骨髓移植，可不是消化内科大夫能帮上忙的事。”

“那当然。”

他搔着脑袋嘟囔道。感到疲惫的我轻轻耸了下肩膀抬头看着屋顶。他又若无其事地接着说：“虽然被大家说来说去，可阿辰也很辛苦啊。要是千夏跟他在一起的话还好，可听说她完全变了。”

一瞬间没明白什么意思。我依旧仰着头看着屋顶，过了几秒钟，才慢慢地抬起头来看着次郎。

次郎一下子发现自己失言，用手捂住了嘴，恰好说明不是我听错了。

“你说什么？次郎。”我抬起头，平静地，尽可能平静地问，“你说如月怎么了？”

“不，那个……”

“我也觉得阿辰和如月好像有点什么事，而且觉得你好像知道些什么。不过刚才的话可不能当做没听见。”

我慢慢地从沙发上站了起来。

巨汉十分狼狈，眼睛东张西望，看到我用平常没有的凶狠目光瞪着他，像是下定决心般地深深叹了口气："并没想瞒着你。我也不过是去大学医疗系的时候偶尔听到些闲话，不知道详细情况。"

他不体面地搔了搔头，又说："是听帝都大学来信浓大学外科的人说的。千夏不是小儿科大夫吗，像是非常热心于工作，一有孩子住进 ICU，自己也好几天住在医院里根本不回家。作为大夫非常优秀，可她丈夫不愿意了……所以呢，丈夫把老婆丢下自己一个人跑回信州的心情，也是可以理解的。"

次郎的话，不知怎么像是什么奇怪的符号从头顶飞过。

"……如月没有和辰也一起回来吗？"

"听说现在还在帝都大学医院的小儿科。"

眼前一片黑暗。我努力整理脑子里的事情，可只是看到如月那晒黑的笑脸闪过。

"在大学的同学都知道。不知道的，只有一止这样的没进医疗部的少数几个人吧。"

我发愣的时候，次郎的院内手机响了起来。

"马上去！"次郎回答的声音，像是在水面下听到的一样，遥远又不清晰。

"你的脸色很糟啊！"

听惯了的声音飞了过来，我抬头一看，不用说是直美。

"以前跟你说过，糟糕的不是脸色，而是身体太疲劳。"

“是的，是的。”她一边回答，一边麻利地收拾着文件。

电子病历上排列着大量的住院患者的姓名。我在医疗部里恍惚地过了一段时间，觉得这样下去不行，又到了病房的医护人员办公室，可不管在哪儿，思绪总是整理不清。

“阿辰还在吗？”

“刚才还在白血病患者的房间里，应该马上回来。”

是吗。我回答着，慢慢站了起来。

“阿辰返回来的话告诉我一声，有事想问问他。”

我说道。直美像是察觉到什么，沉默着点了点头。

我离开了医护人员办公室，走出楼道，正好电梯的门开了，有人走了出来。是位上点年纪的女性，领着一个女孩子。像是不习惯夜晚的医院，有些迷惑般地停了下来，看见我客气地低下头。

我不由停下脚步，觉得她的面孔好像见过一样。那位女性客气地问：“对不起！请问进藤辰也在吗？”

我几乎下意识地点了点头。

“我叫进藤节。”像是要拾起掉在地上的东西一样深深地鞠了一躬，又向直美补充说道，“是进藤辰也的母亲。这么晚来打扰，实在对不起！”

我明白了。学生时代见过几次辰也的母亲。可和那个时候相比变化很大，满头白发，一下子没认出来。

看到来了稀客，我有些不知所措。

“他现在正好去查病房，马上就会回来。”直美说道。

“这么晚对不起了。这孩子说什么也要找爸爸。”

辰也母亲用温柔的目光看着右手领着的孩子。

“夏菜，问好啊！”

被叫到的女孩子抱着奶奶的腿，一直抬头看着我。眼睛红红的，大概是哭过的原因。现在像是好奇心占了上风，看不到眼泪。不像是认生的样子。

在奶奶的催促下，少女稍微扭动一下头，说了一句:“我叫夏菜。”我也慌忙告诉她我的名字，少女睁开大大的眼睛:“栗原我知道，是爸爸的朋友。”

“你什么都知道啊。没错，是爸爸的朋友栗原，请多关照。”

我一本正经地告诉她，不料少女像是吃了一惊，躲到奶奶身后。

“你别把孩子吓着！”直美说。正好这个时候，看到辰也从走廊对面走来。

几乎同时，“爸爸！”女孩子叫着飞奔过去。

“夏菜，怎么跑到这儿来了？”

吃惊地抱起少女的辰也的身姿俨然是一个父亲的形象。抱着女孩走了几步，看到母亲又吃了一惊。

“妈妈也来了！”

“夏菜说什么也要找你，怎么说也不听。”

脸上浮现出温柔的苦笑。

“这些天你每天回来都那么晚，夏菜都忍着，今天再说什么她也不听了。”

辰也要把头扭开，可女儿死死抱着不让他离开。

“喂！夏菜，不是说过不能任性嘛！”

“不是任性。”

她用很大的声音回答。少女撒娇般地抱着爸爸的脖子不肯离开。

“夏菜不是任性吗……”

抱得更紧的女儿话里带着哭声。

辰也露出不知怎么办才好的样子，不过还是继续开导：“夏菜，爸爸工作还没有做完，所以……”

“别担心，爸爸的工作刚好做完了。”我插嘴说道。

突然这样一说，让辰也和他母亲、直美都回过头来。

“阿辰，你是父亲啊，有说那些话的工夫，还不如陪女儿回去。”

“栗原，可是……”

“工作算什么，医生算什么，这会儿不是有更重要的事吗。”

“跟你平常说的不一样啊！栗原。”

“一样不一样没关系。至少半夜里的病房工作我还可以替你干，可陪女儿的事只能你一人能做。”

乱七八糟的道理。直美呆呆地看着。

辰也露出为难的表情，苦笑着转向母亲：“妈妈，给您添麻烦了。还要稍微过一会儿，我才能带夏菜回去。您先回去吧！”

母亲听了儿子的话，流露出一点担心的神情。

“还有话要跟栗原说。麻烦您带她来，让你一人回去，对不起了。”口气很温和，可是意思很清楚。看到儿子这样，母亲也没再说什么。

月亮高高挂在夜空中。

发出耀眼银光的上弦月。春天的月亮常伴有雾霭，可今晚却是例外，没有云彩，明亮的月光洒在路上。

我有气无力地走在回家的路上，在我前面走的，是背着女儿的辰也。要是在黑暗处被别人看到，没准会被当作诱拐犯，可确实是地地道道的父女俩。女儿夏菜在病房里等着等着就睡着了，现在在爸爸的背上发出惬意的平稳呼吸。

我默默地走着。辰也转过头来说："怎么无精打采啊，栗原。"

"在想究竟是谁的原因。"

对我愤然的回答，辰也只是露出苦笑。

绳手街前方看到的是伫立在黑暗中的松本城。国宝的名城现在也没有灯光照明，在月光下肃然伫立。走到护城河前，辰也坐到路边的长椅上。额头上浮现出一点汗水。

"到了三岁，重了很多，背着相当费劲。"

听到他这样嘟囔着。

我在旁边的自动售货机上买了两罐咖啡，把一罐递给辰也。辰也苦笑着说："饶了我吧！"

"什么？"

"咖啡是喝的，不是往人身上浇的。"

“真是个记仇的男人啊！”

我一边发着牢骚一边在他身旁坐了下来。我和辰也之间夹着惺忪睡眼的女儿。我们抬头看着月夜下的松本城。

护城河的水面上映出青白色的城堡，时而轻微摇动。有个突出水面小小的东西在活动，大概是乌龟的头。它牵动着波纹，缓慢地穿过护城河的中央，最后消失在水面下。

冬天的余韵终于消逝，今晚这样并不感觉到寒冷。

我仰望着月夜下的城堡，深深地叹了口气。

时间已经过了晚上十点。

辰也做完病房的工作是九点半，也许夏菜见到爸爸感到很安心的缘故，在医护人员办公室的简易床上香甜地睡着了。辰也用习惯了的动作将她背起，三人一同踏上回家的路。

“有好多事情想问问你。”

“……是啊。”

我终于说出来以后，辰也用稍有嘶哑的声音回答道。

沉默了片刻，我又说了起来。

“听说如月变了，是吗？”

“是的。”

突然轻飘飘地飞落下来的是头顶上盛开着的樱花花瓣。被风吹得四处飞舞的樱花，在月光下发出青白色的光，一瞬间觉得像萤火虫在飞舞一般。

辰也看得出神，接着说：“本来想只有栗原，是必须要告诉的，可是没做到。这是我的弱点。”

我没有回答。这不是什么大事。

“……听起来可能不愉快。”

“到现在，我也没想听到什么好事。”

又是一段沉默，然后辰也凝视着黑色的城堡，轻轻地说：“我和千夏工作着的是东京第一线的医院。不论血液内科还是小儿科，都在从事着高难度的医疗，像是全日本的疑难杂症都会被介绍来似的。工作是非常辛苦的，可很有意义。虽然忙，可也觉得幸福。到了第三年，夏菜出生了。现在想起来，那是最幸福的时刻。”

“是给我来信的时候吧？”

辰也轻轻地点了点头。

怀抱着小小生命的如月和辰也的照片，现在还收在我办公桌的抽屉里。小小的一枚照片中，一家人灿烂的笑容中像是蕴含着无限的光辉和可能。

“千夏在生了夏菜以后，休了一年产假。然后又返回到第一线重新开始工作……”

可是，辰也说着突然皱起眉头。

“我没有意识到，不知什么时候起，千夏一点点地被逼到了困境。”

突然听到远处传来的欢笑声。

像是在二之丸庭园的什么地方，一群年轻人在赏花。随风传来忽高忽低的欢笑声，仿佛节日时的嘈杂。

"虽说只是休产假，可医疗的世界里日新月异。时隔一年返回来一看，自己的知识像是老早以前的东西。而她本身又不是新参加工作的人，所以大概承受到很大的压力。工作环境本来就已经非常残酷，千夏的负担变得非常巨大。不安、焦虑、烦躁，这些东西快速地侵蚀着她。也许千夏自己也没有意识到。谁也没有看出什么变化，我也没有注意。就在那时，在给一个从她返回医院后就一直担任主治医的白血病孩子做化疗的过程中，她累垮了，休息了一天……"

突然辰也停住了。

没有风，却有一片粉红色的花瓣在眼前悄然落下。刚想到这里，骤然刮过一阵强风，无数的花瓣飞舞了起来。

护城河的水面上映出的城堡不见了，变成了樱花色的波纹。

"第二天，那个孩子的父母朝拖着带病的身体去了病房的她说：'为了患者拼命工作不是医生的义务吗？'只是休息了一天的千夏遭到患者家属的痛骂：'你没有当主治医的资格，应该换人！'"

仿佛气温突然下降，我感到寒冷，握紧了手中的咖啡。

"病人家属当天就向医院提出更换主治医的申请。晚上的医疗会议上，做出了让千夏退出治疗小组的决定。整整一年时间，一天也没有休息，拼命为这个少年治疗，就这样简单地被赶了出来。那天傍晚，我在病房中遇到千夏，她脸色苍白，没有一丝血色。我问她要不要紧。她只是失神地露出一丝淡淡的微笑……"

他垂下视线，接着说："从那以后，千夏变得怪怪的。每天住在医院里，几乎不回家。什么时候都在医院里跑来跑去，像是后面有人追赶一样地工作着。”

他发出深深的叹息声。

像是要赶走眼前的沉默一样，我问：“那是什么时候的事情？”

“正好是一年前。夏菜刚刚两岁的时候。”

一年……

我在心里嘟囔着。

“回家来大概每周两次，只是半夜里取了替换的衣服马上就走。过去不管怎么忙还会去托儿所接夏菜，从那以后从未有过。”

我努力想象着脸色发青的如月在医院里四处奔走的样子，可怎么也做不到。

“最初我以为过一阵就会好了。觉得不过是痛苦的经历使她暂时忘掉了自我。所以，那段时间我努力压缩我的工作，来照顾夏菜。可是，过了两个月，千夏不但没有恢复，反而像被什么缠住一样地只知道工作。在医院里遇到，跟她说话的时候也是心不在焉。劝她去看一次心理治疗内科，可她总是带着有些神志不清的眼神说一句：不要紧！总是这样，我也越来越难了，要去接夏菜，还要做饭，怎么也要早回家。这样的状态根本无法胜任临床工作。曾被医疗部部长叫去说：你是不是打算用看孩子的空闲时间来当医生啊！”

辰也嘴角露出自嘲的苦笑。

“在那之前构筑起来的信赖关系也好什么也好一下子全没了。也不能总是临时托别人照看孩子，每次因夏菜发烧回去的话，总被人家在背后说成不负责任的人；还说媳妇为了患者住进医院里，你却动不动往家跑；有了孩子以后，进藤就全完了之类的话。有时还当着我的面说。”

“如月没有意识到你的苦楚吗？”

“就连她意识到没有意识到也不知道，不管怎样……”

“再也没有回到以前的如月，是吧？”

“不仅是没有回去。”

辰也的话听起来有些颤抖。

“去年底的一段时间，夏菜得了百日咳身体非常虚弱。我有好几天没有去工作陪在她的身旁。可千夏一次也没有回来过。本来只要有我在身边就不大哭的夏菜，那时却哭喊着要见妈妈，咳嗽也总是止不住，所以干脆带她去了帝都大学附属医院的小儿科。想着至少看病的间隙能看到千夏……可就是这样也没有见到。”

辰也一下子伸出手去，摸了摸裹在西服里的女儿的头。

“让急救门诊的护士跟她联系了，可她只是让别人捎话说‘现在正忙’。帮我联系的护士好像很对不起似的表情，现在我还记得清清楚楚。”

听到他深深的叹息声。

让人心底都感觉到冰冷的叹息。

“就在那天晚上，看着哭个不停的夏菜，我下了决心，不能再这样下去了！为了夏菜也要返回信州，从头做起。”

辰也露出痛苦般的微笑。

“就这样，我从东京逃了出来……”

声音断了。

已经听不到过节般的喧闹声了。

漫天飞舞的花瓣也仿佛一下子全消失了。

“喂！栗原。”

又听到冷淡的声音。

“你知道大家对白天黑夜干个不停的千夏怎么说吗？称她是‘优秀的医生’！”

嘶哑的笑声中包含着苦痛。

辰也稍微用手碰了一下眼角，又把充满孤独目光的眼睛转向护城河的对面。

“都发疯了，我觉得。”

“阿辰……”

“说医生为了患者就应该拼命地工作。这个国家的医疗都发疯了。把医生呕心沥血、不顾家庭、为了患者拼命工作作为美德；把夜里也不睡觉，干到身体垮掉的事称为正义。就是这样一个世界。不能说那样的傻话呀！要二十四小时不停地为患者四处奔走，不奇怪吗？我们也是人啊！即便这样，这个国家的人们，还那样坦然地中伤他人。对夜里没能及时跑来的医生，大声责问：为什么没有来？大家都发疯了，可是大家都误认为自己是对的。不是吗？栗原。”

沉重的话语说个不停。

声音虽然不大，可是非常激昂。那种愤慨的声音在夜晚的树林间回响。

我感到有些战栗，因为脑海中浮现出老婆的笑脸。

和好不容易刚从高远回来的阿榛，究竟有多少时间是一起度过的呢？回来后已经过了接近一周，可几乎没在一起吃过饭。不论哪天、几点回到家里，都看到她笑呵呵坐在家里，自己丝毫没有感觉盘腿坐下，觉得像是理所当然的事情一样。想起来，突然觉得这样重复的日常生活，仿佛是在平衡木上做着非常危险的动作。

沉默地转移着目光，看到护城河边，刚才骚动着的赏花的一群人在移动着。听不到声音，只看见月光下有人影在安静地移动，仿佛在为死者送葬。

“良心的平静是我们唯一可靠的报酬！”

突然嘟囔出来这句的是我。

对于内心冲突又看不到出路的辰也，这话有什么意义，我也说不清楚。可觉得能连接我们之间的语言，除了这个还有什么呢？

“这是句好话，阿辰。我们夜晚在忙着什么，盂兰盆节和新年的时候把亲属抛在一边，在什么地方，谁也不会注意的。可要说那是什么呢？你不是也一直按藏在内心深处的良心做事吗，不正是这样走过来的吗？”

我满不在乎的声音在空中回响。

“不管是怎样的逆境，我们所做的一切，就是要对得起良心。”

不知什么时候盯着我的辰也，露出一丝微笑。

是温柔的苦笑。

“没有变啊！你。从那时开始一点也没有变。”

“人是那么简单变的吗？你不也是一样吗。”

“我？”

“不是一起对战了五百回合吗。都说将棋的一着一步都能反映棋手的内心。总是叫你的飞车阵给整惨了，前两天跟你下的时候，你那阵势一点破绽也没看到。也就是说，你不是在这种场合屈膝投降的男人。”

“栗原你说起话来，就算是没太多道理的话，也都很有说服力啊！”

“过不去的没道理的事，最好使劲硬把它推过去。这样可能就会转变成有道理了。就是这样一个世道啊！”

“像关上生理学教研室的暖气、打败教授那样？”

“就是。”

辰也这次真的笑了。然后背起上衣包裹着的女儿。

“走吗？”

“不能总让夏菜在这里让夜风吹着。明天一早还有门诊。”

正要起身走的一瞬，看到回过头来的辰也眼睛像是在流泪，我不由又叫住他：“辰也，再说一句。”

春风吹过，花瓣在夜空中飞舞。

“什么时候再杀一局，这点工夫应该有吧。”

这是我能说出来的最为激励的话。

停顿了一瞬，辰也平静地微笑了。经常看到的那种清爽的微笑。像是他那孤独的目光中有了一丝温暖。

“……回来还是对了……”

仿佛要盖住强烈的风声一般，他接着说：“原本就想，要是来本庄医院的话，有你在。”

一瞬间我有些困惑，理解了这句话意思的时候，辰也已经走了出去。

“喂！”我喊了一句，他也没有停下，步伐也没有放缓，只是把右手高高地举起了一下。

一个男人背着幼小的女孩子，沿着护城河边，缓慢然而坚定地走去。

他绕过天守阁远去的身影，如同古代的武士，虽然肩负着过多的悲哀和孤独，却没有失去坚定的步伐。

第三章　碧桃的季节

山连着山，四处都是山。

这是深泽七郎著名的短篇小说《楢山小调考》开篇的一句。虽然不长，却是描述信州山野的著名文章。不过，要深刻体会，还是要亲身到那个地方看看才知道。北阿尔卑斯山脉，确实是山连着山。

与晴空万里可以眺望到很远的冬季相比，春霞笼罩着朦胧山野的五月，更能切实体会这种山连着山的感受。遥远对面的山脊在阳光的沐浴中此起彼落，相互交融，宛如水墨画一样美。

在这样美丽的背景中，有块写着“荞麦屋新道”古色古香的招牌在春风中摇动，我停下了脚步。这是位于松本城北，车也很难通过的一个小巷深处，一座质朴的木质二层建筑。

很少有人通过的宁静小道。只有邻居家的杂色猫有时悠闲地走来走去。另外还有几家商店，可是连开门没开门都看不出来。挂着“准备中”牌子的咖啡店前，有一口不断涌出泉水的井，潺潺流水声中夹杂着树上黄莺的鸣叫声。

感觉有动静，四处一看，是位年轻女性拿个很大的水壶来汲取泉水。那若无其事的神情中，有种说不出的优雅。这一带有很多甘美的泉水。目光一转，停到了“荞麦屋新道”门前一棵树上，是棵开着红色、白色和粉红色三种颜色花朵的非常漂亮的树。

“是碧桃。”

身旁的老婆，注意到了我的目光说道。

“一棵树上同时开着三种颜色的花。很多花争相绽放的时候，仿佛到了桃花源一样。”

“一棵树上开三种颜色的花，是不是有些贪婪啊！”

“是国外培育出来供观赏用的品种，可在信州有很多。”

七、八分花都已绽放的碧桃树，在正午强烈的日照下，在小道上撒下更为鲜艳的色彩。老婆把手遮到额头上，抬头看着那块老招牌。

“这就是阿一说的荞麦屋吧。”

“是的，学生时代来过好几次，一点都没有变。”

“像是御岳庄那样的建筑啊！”

“是啊！”我应合着。正在这时，店门哗啦一声被拉开了，从里面跑出来个少女，看到我吃了一惊又返身回到屋内，只把头伸了出来。

“栗原叔叔？”

战战兢兢地说着，正是夏菜。红色的连衣裙的下摆上还粘着些白色粉末，大概是荞麦面粉吧。

“是的。”我点点头。

旁边的老婆客气地低下头:“是夏菜吧，我叫榛名。”

“榛名姐姐！”

这次像是有点疑惑般的表情，可看到老婆的笑容，好像有些放心般地笑了。

“欢迎！”

随着爽朗的声音露面的是辰也。

大概在店里帮忙吧，系着白色围裙的老友。看见他这样的打扮也没有任何不协调的感觉，像是天生就是开荞麦店的人。

“怎么了？”

“过于自然了，所以反而吃了一惊。怎么看也是纯粹的荞麦店老板，看不出是评价不高的血液内科医生。”

“评价不高这个词可以省略掉。”

苦笑着的辰也，朝着老婆鞠了一躬。

“我是栗原榛名。”

“早就听栗原说过你的事了，欢迎！”

他招呼我们进门。

“夏菜好像相当喜欢栗原似的。”

“作为你的女儿，像是会看人啊。惟一在意的是，管我叫叔叔，管阿榛叫姐姐。”

“正像你说的，夏菜就是会看人。”

我稍有些不满，跨过门槛。

外面看是二层，从里面看顶棚被拆除了，暴露着黑黑的老式房梁。

屋内设置着好几张桌子，可是没有人影。飘荡着轻微的老式房屋特有的木香。

“来尝尝好久没吃过的我家的荞麦面吧！”

辰也这样说着邀请我到他家来，是五月中旬的一个休息日。

“回到老家后，总是给栗原添麻烦。”

朋友的眼神中闪烁着柔和的光芒。从刚返回到信州时就一直沉滞在目光中的那种不相称的冷淡在逐渐减少，而熟悉的那种沉稳又可以看到了。

“想用一碗荞麦面就把欠我的那么多人情打发了吗？”我问道。

“我家的荞麦面有那样的价值。”辰也爽快地回答。

学生时代来过几次“荞麦屋新道”。具有泥土芳香的荞麦面和平滑的口感令人赞不绝口。听说是辰也母亲一个人做的更是让人惊叹。后来忙于为参加国家考试做准备，当了医生之后更加繁忙就没再来过。

刚在旧椅子上坐下来，辰也的母亲就从里面出来，客气地低下头：“前几天非常感谢！”

大概是丈夫去世后一个人守护着这家店非常辛苦的缘故，一半以上的头发都变成了白色。学生时代来的时候可不是这个样子，所以在病房中遇到的时候，没有马上认出来。

辰也的母亲熟练地将茶壶茶碗放到桌上，又低了一下头返回到厨房里。没有怀念啦、好久没见啦那样的社交辞令，也没有提起什么特别的话题。那种不可思议般的距离感，和过去没有任何变化。

“一直是她一个人经营着荞麦屋吗？”

“父亲去世的时候曾有过关店的说法，可母亲还是觉得经营下去有些乐趣。一半是兴趣吧，即便这样，也还有客人说想吃‘新道’的荞麦面，特意从远处赶来。”

“你母亲做的荞麦面是极品，还是有懂行的客人啊。”

“这么说让人高兴。说起荞麦面，世上如果说十成是最好的，我家不论过去还是现在也就是八成吧。不过说好吃，母亲还是会高兴的。”

我突然想起过去的事情。

“说荞麦面十成最好，那是迷信。”

辰也说起这话，是在我第一次来的时候。

如果不掺入别的东西，多添加的那部分荞麦的味道和香气会更加显眼，可未必荞麦面就好吃。过于认真强调这一点的朋友的样子，看上去有些怪怪的。

“八成有八成的好处。说这个的好像是阿辰吧。”

“你还记得。”辰也一边慢慢地转动着倒满开水的茶壶，一边说，“如果挂上‘十成荞麦’的招牌，从城市里来的客人会多些，可是，八成就比十成差的说法不是实话。到了秋天，作为增稠剂，用薯蓣什么的取代部分本地产的荞麦面粉，也是非常好吃的，到那个时候再来吃吧。”

听到辰也这么说，身旁的老婆高兴地点着头。

突然哐啷一声巨响，原来是夏菜在店里来回奔跑时，碰倒了椅子。

“夏菜，不能在店里跑来跑去的！”

辰也高声叫了起来，以为夏菜会老实一点，可她却满面笑容地跑过来抱住爸爸的腿。

只看到这样的场面，就会觉得这一对父女面对的难题像是根本不存在一般。

大概正因为如此，在如履薄冰般难以把握平衡的生活中，辰也仍然想方设法重新开始。

老婆站了起来，乐呵呵地和夏菜说起话来。大概本来就是不认生的性格，夏菜马上和老婆亲热起来。

“和如月有联系吗？”

“没有音信。”

回答的声音中听不出心情郁闷的感觉。

“电话不接，短信不回。今天肯定又在什么地方救助什么人呢。”

不是讽刺。那里面含有辰也的体贴的心情，像是感慨、羡慕和苦笑，分量相等地混杂在一起的东西。

“现在只能等待啊。”

“像是悟出什么道理一样的口气啊。”

“跟你聊过以后，觉得自己也明白了一些。”

突然听到开朗的笑声，是夏菜。她和老婆一起，望着门外，一副高兴的样子。

“我说要离开东京的那个夜晚，千夏哭了。没有哭出声，只是默默地流泪。什么也没说，可是，我觉得她心里一定是积蓄了很多话，也许当时心里很乱，但早晚会说出来告诉我的。”他盯着桌上的茶壶，沉稳地补充道，“不管怎样，我等着。千夏毕竟是我的妻子啊！”

“没想到，到现在还会听到你的胜利宣言。”

我苦笑应了一句。他也低声笑了一下。

“阿辰，有句话忘记说了。”

听到我叫他，他像是感到不可思议般地抬起头来。

“回信州的事做对了！”

听到我的话，辰也露出有些吃惊似的神情，然后露出微笑点了点头。什么也没说。

听着茶水倒入茶碗中咕嘟咕嘟的声响，眺望着门外，碧桃的枝叶随着风缓慢地摇动。一阵风吹来，三种色彩在格子拉门外面来回闪动，不同的色彩一闪一闪的样子，使人联想到什么地方夜店的万花镜。

老婆不知什么时候取出了莱卡相机，悄悄地看了一下取景器，听到令人愉快的咔嚓声。

血糖又超过了五百。

是因糖尿病住院的会田先生。

从“荞麦面新道”回家的路上接到了通知。在御岳庄门前跟老婆分手，直接去了医院。

在医疗部里抄起白衣，马上跑到病房，可那里没有会田先生的身影。再跑到楼道里四处张望的时候，看到阳子在护士站门前招手。

“栗原大夫，要是找会田先生的话，在那里。”

她用手指着傍晚时分的患者休息室。

有着大玻璃窗的休息室，可以一眼望到北阿尔卑斯山，暗红色夕阳的沐浴下，患者们在各自度过属于自己的时间，着迷于电视节目的年轻人，眺望着群山的老人，读书的女性。看到会田先生在房间的一角，我稍微睁大了眼睛。

身穿T恤身材矮胖的会田先生，和一个穿着白色睡衣的年轻女性面对面坐着，正在吃晚饭。虽说是晚饭，因为糖尿病限制饮食的关系，会田先生的那份儿只是一点点东西，早已经吃得干干净净了。而面对着的女性是一般膳食，几乎还没有动过。大概本来就是不大能吃的状态，还挂着点滴。

看到我目光中充满疑问，阳子悄悄地说："再生障碍性贫血的四贺小姐。不知什么时候跟会田先生成朋友了……"

她一说我想起来了。最近一个月左右辰也担任主治医的女性患者，好像名字叫四贺蓝子。

听说开始使用免疫抑制剂以后状态有所改善，但还是不稳定的状态。可能是高度贫血的关系，皮肤雪白，脸色也不好。可看她和会田先生说话时的样子像是很开心。

"是什么缘由呢？"

"会田先生好像很怕寂寞，从来都是到休息室来吃饭。像是在这碰上四贺小姐，不知怎么说到一块儿……"

"四贺小姐病情稳定下来了吗？"

"听御影说，好了许多。可是没有食欲，像是成了最大的问题。据说和会田先生一起吃饭以来，饭量在一点点地增加。"

说是增加了，可看上去的感觉连一半都没有吃掉。四贺小姐的托盘上，整齐地排列着几乎没有动过的小盘子。正看着，四贺小姐把筷子放回到托盘上。

听到会田先生的说话声：“再不稍微吃点可不好啊，四贺小姐。进藤大夫不总是说吗。”

“可是……”

看到摇着头的四贺小姐，会田先生一下子伸出手去拿起一个盛菜的小盘，像是倒在口中一样吃得干干净净。

“看看，就这样一瞬间。”

四贺小姐看到他认真地完成了这一连串动作，眼睛稍微睁大了一些，马上觉得可笑笑了起来。然后拿起刚放下的筷子吃了一口。

“是不是可以吃下一点了？”

“嗯。”

可是，吃了几口以后，筷子又停住了。于是，会田先生这次把装有水果的盘子又倒入口中让她看。

“没让你也这样吃，可不再吃一点不行！那样的话，战胜不了疾病啊。”

会田先生始终是认真的表情。看到这个样子，四贺小姐又发出银铃般的笑声。

“怎么一看到会田先生，就觉得这饭像是特别特别好吃的东西。再吃一点。”说着，又夹起些菜放入口中。

会田先生非常幸福般地注视着四贺小姐的样子。

“血糖当然要上升了。”

从厕所出来的会田先生，听到我的声音吓了一跳转过身来。同时打了个嗝，慌忙用手遮住嘴。

“每顿饭都像那样去吃一般膳食的话，血糖当然会超过五百。”

我一说，会田先生害羞般地低着头，然后瞟了我一眼：“是不是会强制出院啊？”

一副难为情的表情，偷偷看着我的脸。我深深地叹口气。

“大夫，”会田先生有些不好意思般地开口说，“再稍微放过我一段时间好吗？”

不理会我皱起眉头，会田先生继续讲：“四贺小姐好不容易身体才恢复了一点，也适应了强烈的药物，今后这一段时间非常关键。”

压低了的声音格外诚恳。

走过楼道的别的患者好奇地看着我们。

“明白你住院是为了谁的治疗吧，会田先生。”

“明白，明白是明白，可是……”

会田先生猛地闭上嘴，然后下定决心般地又说了起来：“四贺小姐，跟我去世的老婆长得很像，总觉得我不能放任不管。”

听到意外的回答。

我根本不知道会田先生的婚姻情况。他住院后基本上是自己料理自己的事情，来探望的也只是像是母亲一样上岁数的女性，原以为他一直是单身呢。

“年龄也不相符，不是有什么企图。只是看到她，不知怎么总想帮点什么忙，让她再健康起来。只是这些。”

“您夫人是很年轻的时候就去世了吗？”

“二十几岁的时候。本来得的是红斑狼疮，一个不好治的病，可一下子就因肾功能不全死了。那已经是十五年前的事了。”

我没能马上说什么。

听上去会田先生的声音很淡漠，反而让心里觉得震动。

全身性红斑狼疮是年轻女性患得较多的一种胶原病。发展到神经系统和肾脏会引起严重障碍。要说是十五年前的事，按理说还没有好的治疗办法。

“我媳妇长得白净漂亮。跟四贺小姐也不是说一模一样，可不知什么地方有些像。所以，看到她很痛苦地接受治疗的样子，就想帮点什么忙，给她鼓鼓劲……只是这些。要是她能好好吃饭，就是血糖上去点也没关系。”

“让血糖升高是你的自由，可把它降下来却是我的工作。”我用严肃地口气说道。会田先生有些垂头丧气般地耷拉着肩膀。看上去一副寂寞般的感觉，这样的情景让人怎么也恨不起来。

又有点偏头痛的感觉，我用手按住额头，叹了口气。就是我也有下不了手的时候……

“从明天起，饮食要调整得更加严格。”

会田先生抬起头来。

“一天五次，从医院一楼到五楼，走楼梯上下。水分大量摄取没问题，但局限于水或茶水。白天尽可能离开病床活动。”

“大夫……”

“知道是非常无理的条件，所以……”

我心里有些不耐烦。

“不管怎样，请努力让她恢复健康。”

“大夫！”

会田先生粗粗的手猛地抓住我的手。我吓了一跳看着他，这男人眼睛里充满泪水。

“谢谢！谢谢！”

声音大得仿佛能传到楼道那一头。

我从口袋里掏出头痛药放入口中，叹了口气。

在电子病历中输入了会田先生饮食调整的意见，心里还在刮着自我厌恶的旋风。医生的做法是不讲情面的。要是大狸先生，肯定什么也不问，直接让他从三层窗户出院。

心里祈祷着四贺小姐能早些正常摄取饮食，不知不觉地打开了她的病历。从四月住院开始，详细的记录中流露出辰也过于认真的工作态度。

是今年三月刚刚发病的再生障碍性贫血，年龄还只有二十五岁。

像是在四月下旬陷入相当危险的状态，使用免疫抑制剂以后，一点点有所改善。这一个来月做的对注射药物剂量的微细调整，到底还是细心的辰也所为，连我也只能理解一半。

进入五月以后，大概是药物的副作用，没有食欲，持续着几乎不能摄食的状态。大约两周前，摄食量又一点点地有所恢复。这一时期恰恰和会田先生血糖控制结果变差的时间吻合，确认了这一点，我不由在心里苦笑了起来。

“这不是进藤先生的患者吗？”

古狐先生从背后看到病历。和往常一样，总是突然登场。

“是不是又联系不上？”

“不，不是那回事。只是检查一下阿辰的工作态度。”

先生不理睬我的强词夺理，露出温和的笑容，坐到旁边的椅子上。

“进藤先生做的病历非常漂亮吧？症状和处置意见不用说，对可以预测到的危险性也有详细的指示。而且对他负责的所有患者都是这样，我觉得非常了不起。”

他一边嗒嗒地敲着键盘，一边若无其事地说道。

我看着他的侧脸，沉默了一会。终于把堵在心里的东西吐了出来：“先生，您知道辰也早回家是为了接女儿吗？”

“为什么？”

“最初大家对他评价不好的时候，我就觉得他像是有点什么心事。”

“我没有很好地考虑过，但也觉得他像是为了什么非常重要的事情才那么干的。”

古狐先生的眼睛总是盯在跟我有些不同的地方，而那个地方总是比我看的地方要高几个阶梯。

先生继续录入着病历，突然说：“作为医生，我们是以患者为重，还是以家庭为重，从来都是最大的难题。”

看我回过头来，古狐先生露出苦笑：“要想两头都照顾到，那是不可能的。现状不允许啊！”

“所以才高声叫喊着医疗改革呀！可看看现状，没有一点变化，遗憾啊！”

“议论的都是围绕技术和经费的问题，从一开始就没把医生作为一个人来对待。医生也有家属，这个理所当然的道理被忽视。所以，像常人一样的生活，并非简单可以做到。”

若无其事般地说出了不合理的现状。

“不知怎么觉得没有希望似的……”

“希望还是有的。”

出乎意料的明快的回答声。

先生不知什么时候停下了打着病历的手，用沉静的目光看着我。

“不管现实多么严酷，有我在，有你在，还有虽然有非常重要的事情也还继续做好医生的进藤大夫在。”

“是！没有比这更强的希望了。”我用格外坚定的口气答道。

所处的环境虽然恶劣，但就是对辰也，也都给予全面肯定的古狐先生这样的宽容，我没有其他回答的语言，只是敬佩。

“完全无法和先生相比，我才是第六年就已经有些丧失信心了，可先生已经干了三十年了，还是意气昂然啊。”

“不能夸大评价啊！”

古狐先生又开始录入病历。

“我啊，栗原大夫。是个胆小鬼。”随着咔嚓咔嚓让人心情愉快的键盘声，先生继续说，“占据我心里的，不是热情啊、使命感啊那样高尚的东西。只是胆小而已。”

让人费解的话。

“我住在医院里连续工作，是担心自己的判断会不会错？患者的变化会不会漏掉没有看到？抗生素使用的是不是正确？因为这些总是战战兢兢的。根本不是可以挺起胸膛来说的内情。”

“不管怎样，就算有那样的内情，正因为有您，很多患者才得到了救助，这是事实。”

古狐先生露出一丝微笑，左右摇着头：“不能那样说，栗原先生。不管什么时候都在医院里，就是说不管什么时候都不在自己的亲属身边啊。”

若无其事的一句话中，有着非常沉重的东西。我还没有琢磨出那沉重的东西是什么，先生和往常一样，慢慢地站了起来。

“那么，偶尔也罢，回到那个自己亲属身边去了。”

稳重地说完走了出去。

那个先生的身影，在我视野的一角，突然慢慢地向右飘去。

哎？我抬起头来，仿佛在看慢动作镜头一般，瘦弱的身体慢慢地倾斜下去。

“先生……”

我叫了一声，可那个动作并没有停止。

“先生！”

我叫喊着站了起来。与此同时，古狐先生无声地倒了下去。

古狐先生倒下了。

简直像是晴天霹雳。

内科副部长在夜晚的病房里突然昏倒，这下可要大乱了。

我慌忙抱起古狐先生，身体很热，意识也是模糊不清的状态。从什么时候有这样高的热度呢，我刚才还跟他在一起说话，根本没有注意到。

不管怎样，接上点滴，把他转移到空着的病房里。有些稳定下来的时候已经是夜里十一点了。大约三十分钟后，大狸先生接到通知也赶了过来。

病房楼三层最里面一间的三三三号室，挂着“内藤鸭一”的姓名牌，不用说这是古狐先生的名字。

大狸先生进到病房后已经过了大约十分钟。我没有进病房，选择了在楼道里等着。可这样反而招来不安。

我来回看着姓名牌、门、窗外，这样重复了三圈的时候，大狸先生终于出来了。

“噢，阿栗，让你等着啦。”

看到超然的态度笑着的大狸先生，我终于有些放松。

“不要紧吗？”

“过度疲劳。体力下降时患的感冒又加重了。现在安稳下来了。

总算答应住院一两天观察一下，顽固得可真让人费劲啊！”

在楼道里慢慢地走了起来。

“说起来，内藤也过了五十了，不能再像过去那么干了啊。”

“这么说，先生您不是比副部长先生还要大一岁嘛。不能光说别人呀。”

“我和内藤不一样，平常都没大插手管，所以没关系。”

他用很大的声音，说了些没用的话。

不管怎样，听说没事，心情就完全不一样。大狸先生仿佛看透了那样的心情一般冷笑了一下：“放心还是太早了，阿栗。虽说是几天，内藤管的三十名患者不得不转到我们这儿啊，又增加了一份工作。”

“没问题。内科大夫也增加了一个吗。”

“的确。这倒是鼓劲的话。”

走廊里又响起了好久没听到过的豪爽笑声。不管情况多么严峻，只要听到这豁达的声音，困难也罢，逆境也好，一大半就给吹跑了。

“阿栗，内藤的血液检查和 X 光照片这些先交给你了。借这个机会不再稍微做些体检不行。”

“知道了。先生是不是也一起查一查呢？”

“我？说什么傻话！真要查出点什么毛病怎么办？不就麻烦了吗！”

不像医生说的粗暴的语言中夹杂着玩笑。

“不管怎样，阿栗也到病房里看看。内藤好像很在意。”

大狸先生一边怦怦地拍着肚子，一边悠闲地走了。人走了以后，那轻快又不规则的怦怦声仍在耳边响着。

最初推开三三三号病室的门进来的，是低下头的千代夫人。

她接到直美的联系之后赶了过来。身上穿着的和上次不一样的浅黄色松本茧绸和服非常合身。

“刚才用了退烧药，好歹稳定下来，睡着了。”

虽然脸上少了几分血色，可还是跟以前一样保持着弥勒菩萨一般沉稳的微笑。她点点头把目光转向床上，古狐先生发出平静的呼吸声。

“给栗原大夫添了很多麻烦，对不起了！”

“您搞错了吧，我没觉得给我添了什么麻烦。”

“不。我丈夫一直非常担心。”

夫人伸出手，整理了一下被子。

“他说过，即便是一时，自己从病房脱身的话，会给本来就很忙的栗原大夫增加很大的负担。”

“本来就是火海一般的职场，再扔两三把松明进去，火势多少蔓延一点，看上去的景象不会有多大变化。”

听到我的话，夫人稍稍笑了一下。

我俯视了一下窗外路灯笼罩着的堤防。

“正好是河边碧桃盛开的时候，好不容易住进来，就请在这里待到花谢再走吧！”

对我这样的说法，夫人也没有再说什么无用的社交辞令。

"说实话，我倒有些放心了。"

送我出来走到走廊上的夫人，白白的面颊上浮现出一丝微笑，像是不好意思般地说："好几年了，几乎没有和丈夫一起度过的时间，多亏这样，至少一段时间里两人能待在一起了。"

云朵散开，柔和的月光映在昏暗的走廊上。千代夫人的侧影，在月光下像白瓷一般的美。

"不过，终于到手的可以在一起的时间，还是要在医院里度过，像是有些运气不好。"

声音中不知什么地方飘散着一丝寂寞。

御岳庄的灯还亮着。

已经是深夜两点了。

幽静的住宅街上，所有的人家都在睡梦之中，只是废屋一般的御岳庄还亮着灯，这一风景仿佛是粗制滥造的怪诞电影中的一个镜头。而且我走进大门时，还听到热闹的声响。

御岳庄的一层，有一个过去旅馆时代作为食堂的大房间。现在这个地方只是在木地板上放了个暖炉，作为住户们公用的空间。

在走廊上拉开拉门看了一眼这个大房间，老婆、男爵和屋久杉君围坐在暖炉周围。

"回来啦，阿一。"

首先发出明快声音的，不用说，是我老婆。这样的一声招呼，充满在心里的自然和放心全都释放了出来。

我走近暖炉，桌上放着一个将棋盘。令人吃惊的是，老婆在和男爵对局。

“什么！男爵，不是号称游戏王吗，怎么这么悲惨的局面还在撑着呢。”

听到我的声音，男爵还是盯着棋盘上，连头也不抬一下。

“说什么呢，就是当了国王，也要让公主手持鲜花啊。而且，没想到榛名公主对将棋也有研究。”

“还到不了那个程度，男爵先生。只是过去让阿一教了一点。”

“榛名公主，说话可要慎重些啊！只是过去让阿一教了一点，那我大败于公主的结果，让我这个游戏王的脸往哪里放啊！”

“对不起！一直觉得男爵先生很厉害呢。”

她满脸不好意思的表情，又说了句不得体的台词。男爵的眉头皱得更紧了，只是盯着棋盘。

旁边的屋久杉君随便躺着，揪着杂乱的胡子，陶醉地倾倒着杯子。脸上已经有了几分红色，大概有不少威士忌倒进肚子里。只是那倦怠的态度，让人感到有些忧愁。

老婆霍地站了起来说：“阿一，给你冲咖啡吧！”

“哎，榛名公主，这可是临阵逃脱啊。要是这样的话，不管战况如何，可算是我赢了啊！”

“好吧，就算男爵赢了。看阿一的脸色，像是从更大的战场上回来的，所以要先顾他。”

她微笑着说着，啪哒啪哒跑了出去。我稍有些困惑站在那里，男爵用手指了指刚才老婆坐的地方。

“没办法，没有对手啊。请大夫接着吧，坐呀！”

我照他说的刚坐了下来。

“虽然嘴上不说，可公主相当担心啊，大夫。”

意外的话题飞了过来。我转过脸去，男爵还是跟刚才一样目光盯着棋盘，并不像特别要说什么。

“最近，你经常一个人心事重重地想什么呢？患者的事？朋友的事？过去的她的事？不管什么都不要紧，不过，把公主抛在一边的话，作为公主近卫队队长可不能放过。”

“在我说明事情经过之前，想听听有关近卫队的详细情况，什么时候成立的呢？”

“相当早以前。如果有欺负公主的家伙，哪怕是大夫，也要讨伐。这就是这个组织的任务。”

“那样的话，还要小心不要成为靶子好啊。”我苦笑着回答着。男爵推进着桂马，接着说：“根据近卫队得到的秘密情报，榛名公主为了你甚至考虑过辞掉摄影师的工作。”

我不由停下了正要去取棋子的手。

“大夫痛苦的时候，自己经常不在身边，好像心里非常在意。总这样下去，对大夫什么用也没有。是不是把喜欢的摄影工作辞掉待在家里更好些。刚刚还在跟我商量。”

“阿榛说了那样的话……”

“大概是总把公主放在一旁，才让她想到那些吧。而且，是不是在什么地方又有了别的女人？像是有些担心。”

“真的？”

“当然是假话。”

“时间到了。”男爵突然不再若无其事地说了，一下子拿起我的银将后退了一步。还在发愣的我什么都没动之前，又把他的桂马向前推进了。然后男爵终于抬起头来，笑了起来：“要是那么着慌，一开始就做得稍好一些啊！大夫。”

“……你可变得相当坏了，男爵。从哪儿开始是假话呢？从近卫队的事？”

“那是真的。摄影师不干了什么的都是谎话。”

我一下子松了口气。

男爵像是更高兴地笑了，然后稍微收敛了些起来，说：“人本来有两条腿，大夫现在非要靠一条腿走路。肯定有各种各样发愁的事，可要是把老婆放到一边不管，会在想不到的地方栽跟头啊！”

“真稀罕！男爵也会讲道理了。而且，像是根据自身经验说出来的，有那样的感觉。”我夹杂着玩笑说道。

男爵又笑了一笑：“寓意很深吧。”

“要是向我传授经验，有多少我都听着。”

“是有那种雅兴的时候吗？瞧着，将军！”

男爵用他粗粗的手指推进着桂马。

一看就是步臭棋，根本不用害怕。

我一边吃掉眼前的桂马，陷入了沉思。

想起来，老婆回家的黄金周，是我因为辰也的事情奔忙的时候。那之后又因为如月的事，一个人思索的时候是多了些，今天也是，因为古狐先生的身体，占去了心里的大部分地方。老婆是会有些寂寞。身处这样的寂寞中一点都不流露出来、高兴地迎接我回家的老婆相比，直到男爵问起一点都没有察觉的我，是有些无情。

我心里有些懊悔，告诉眼前的游戏王："男爵，谢谢！"

"说什么呢？"

"自言自语。将军！"我推进的我的飞车。

"刚说完谢谢就来这么一手，不能原谅啊，大夫。"

"不是没听见吗？"

"听见是听见了，还想听一遍。"

"别尽说些没有的，赶紧看看你王将的逃路吧。"

屋久杉君瞪着红红的醉眼望着我们有一搭没一搭的谈话。

"是不是差不多就行了吧，男爵也好，大夫也好。"

轻轻地打着嗝，胡子乱糟糟的，看不出是刚入大学的新生。眼睛里有些湿润，一副怪怪的样子。像是在没注意到的时候又喝了几杯。

"和你们比起来，我才是没用的人……"

"又在自我厌恶了吗，发生什么事了？"

我扫了一眼男爵，男爵只是露出淡薄的笑容耸了耸肩膀。

"我什么都没有。两年落榜终于进了大学，可既没有干劲又没有理想，只是每天喝得醉醺醺的过日子。"

"一天天过日子是没错。是否喝得醉醺醺的是你自己的事。把酒杯放下，去上大学就是了。”

“要是能那么简单早就做了，大夫先生。你知道为什么我要研究屋久杉吗？”

我当然不知道。可不好那么说，只能沉默着等他再说。

“课堂讨论的第一天，老师问：你进了农学部最想研究的事情是什么？”

“你怎么回答的？”

“没有什么特别的。”

他用半认真地眼神清楚地说道。

“于是，老师露出败兴的表情。他问我有没有想干的。被这样问，我什么都不懂啊，所以只能实事求是地回答。老师皱紧眉头，生硬地说，那你就做屋久杉吧！”

我和男爵不由对视了一下。过于直率的屋久杉君还是老实啊，那老师也够不负责任的。

屋久杉君把下巴支在桌子上，又用有些危险的动作喝干了威士忌。男爵拿起酒瓶，又给他倒上。

“其他的家伙，有各种各样想干的事，都高兴地说着。我算完了，没有什么梦想，只要别太给别人添麻烦活下去就行了。”

咳！他发出不协调的声音，同时叹起气来。

“这样不也行吗。”

男爵若无其事的，但又语音转向深沉。

屋久杉君把醉眼转向男爵。

“您这样的岁数找不到什么梦想也是当然的。不是说‘人生就是找到想做的事情,专心致志做下去’嘛。这个说法本身只不过是幻想。世上没有那么简单的事情。”毫不含蓄地说法。

“首先，梦想也好，希望也好，不会一下子跑到你跟前的。人世间没有那样的好事。”

“你这么说，男爵先生现在不是在画画儿吗，不是喜欢画儿吗？”

“现在是喜欢。可是当初是最讨厌的。”

觉得声音稍微有些变化，我看了一下他的侧影。从脸上看，还是平常那种超凡脱俗的样子，心里怎样根本看不到。

“自己眼前的事情坚持做下去的话，没准什么时候就会成为梦想。人生啊，就是那样的东西。”

究竟说的是有意义还是没意义，他丢下这样微妙的一句，取出惯用的烟斗，又用习惯的动作擦着了火柴。

“那是鼓励我呢？还是对我死心了呢？”

“那要看你怎样理解了。”

男爵摆出一副满不在乎的样子，还是拿大话唬人。朝着皱紧眉头的屋久杉君，“可是，”他沉稳地接着说，“要说找不到想干的事，就什么都不做，那不是猴子的做法吗。我们人类可不能做猴子啊。”

“那怎么办才好呢？”

“问得好。”男爵冷笑着，“我现在也正想着这事呢。”

又吐出一口烟。

更加失望和倦怠的屋久杉君，把头伏在桌子上，不久开始发出嘶嘶的鼾声。像是喝多了。

“可别拿年轻人开玩笑啊！男爵。”

“没开玩笑，我从来都是认真的。”

“屋久杉君也是认真的啊！”

返回来的老婆用清澈的声音说道。

托盘上放着四杯咖啡。她在我身边跪在榻榻米上，把杯子一个个放到桌上。

“屋久杉君也为将来的事认真地烦恼着。不能跟他说什么怪怪的话啊，男爵先生。”

“被公主说了不得不注意。可是，一看到他就像看到了过去的自己，让人着急，不能沉默啊。”

男爵的话中第一次触及到自己的过去，我和老婆同时睁大了眼睛。可过了一会儿，男爵只是冷静地喝着咖啡，马上又高兴地说笑起来：“啊！榛名公主的咖啡到底还是极品。最高级的威士忌加上公主的咖啡真是绝配！”

完全不顾我们的困惑，一副若无其事的超然态度。然后拿着杯子站了起来，“差不多该去着手留存历史的名画了。”大声嘟囔着出了房间。剩下的只是烟斗中出来的烟雾和屋久杉君的鼾声。男爵先生的言行还是让人捉摸不透。

咳！我叹了口气。不知什么时候，老婆从房间角落里拿来了毯子给屋久杉君盖上。仿佛是姐姐在担心靠不住的弟弟。

看着她的侧影，回想起刚才男爵的话“明明有两条腿，非要用一条走路”。的确是宝贵的忠告。

我盯着眼前的咖啡杯看了一会，然后开口说：

“阿榛……”

“没必要道歉，阿一。”

她用平静而又有什么含义般的声音制止了我。

我稍微有些犹豫该怎么说，老婆稳重地继续说：“阿一肯定是考虑各种各样的事情非常辛苦。回到御岳庄的这点时间，还不停止思考的话，就没有休息的地方了。”

她用手指了一下杯子。

“不说别的，特意给你冲的咖啡，不喝可要凉了。”

露出愉快的微笑。

这种时候，那些风趣的话一句也说不出来。

被催促着喝了一口咖啡，醇厚的芳香充满口腔，心中的烦恼也被冲洗得干干净净。我扔掉心中徘徊着的有形无形的一切东西，只说了一句：“世上最美味的一杯啊！”

老婆低声笑了起来，我也回应着大声笑了起来。

白天里走在大街上，突然被人从背后击中后脑部。

有过这样的经历吗？

当然不是实际这样经历过，只是说相当于这样的吃惊程度。

做医生的，大概一年中要有一次这样的经历。比如人生第一次值夜班，患者在眼前大量吐血的时候；在床边已经确认为死亡的患者，又做了一个大大的深呼吸的时候。医院里总是充满这样令人惊愕的事情。

可是，这天的事情，在我不算长的医生生涯中属于极为恶劣的一件。

“这个 CT 真的没有搞错吗？松前先生。”

傍晚的放射科里，我看着 CT 胶片，好不容易挤出声音。

“没搞错。栗原先生。”

说话的是本庄医院检查科的松前德郎技师长。他负责着从图像检查到血液检查，这个繁忙的医院里所有的检查。

时间是傍晚六点，正好是下午的内视镜检查临近佳境的时间。正在忙的时候，突然被松前技师长招呼去。

“对不起，这么忙的时候招呼大夫来。”

对老技师的解释，我连头都没点一下。

“今天下午拍的第一个 CT。”

技师长拿出的胶片是胸腹部的照片。沿着大动脉所有淋巴结都异常肿大，压迫到肺、胃和肝脏等器官。

“不用说，怀疑是恶性淋巴瘤，而且已经转移到了全身。”

老技师的话一下子让人非常在意。恶性淋巴瘤是淋巴结中的淋巴细胞的肿瘤疾病。可以看作是白血病的亲戚。

“按说平常不会这样紧急地跟您联系，可状况不同，所以才给您打了电话。”

“……您客气，不敢当。”

我觉得自己回答的声音有些颤动。

“怎么办呢？栗原大夫。”

我不知该如何回答松前技师长的话。

只是一言不发地盯着检查画面中的“患者名”一栏。

上面写着：“内藤鸭一”。

是古狐先生的检查结果。

大狸先生坐在部长室中央堆满文件和书籍的桌子前，右手握着古狐先生的 CT 胶片。

傍晚繁忙的时间里我到部长室来，大狸先生没流露出丝毫不快。只是显现出觉得有些奇怪的表情，接过了我递过去的胶片。

我没有特意说“是副部长先生的”。扫了一眼患者名栏目的大狸先生，眼睛稍微眯了起来，什么也没说，只是看着 CT 胶片。

然后，过了五分钟以上。

在这期间，大狸先生连眉头都没动一下，也没开口，一张一张仔细地确认着胶片，室内只是偶尔响起翻动胶片的声音。

其间，漂亮的院长秘书露了个面，“马上到开会的时间了，院长先生说要商量……”

没等她说完，部长先生就说：“对不起，我去不了。”

秘书有些吃惊，张着红红的嘴唇，还没等她再说什么，大狸先生接着说：“就说我感冒了什么的就行了。谁都可以替我去吗。要不就跟院长说，是关系到本庄医院未来的重大事项。”

他的口气非常沉稳，和说的内容有些不相称。秘书没有再说什么，点点头走了出去。

“阿栗，你的诊断呢？”

大狸先生平静地抬起头来。

“恶性淋巴瘤。按 Ann Arbor 会议制定的临床分期属Ⅳ B 期。”

我的声音听起来有些冷冰冰的。

“类型还不好断定，不过从发病过程和图像看，可以预料是高度恶性的淋巴瘤。”

“什么时候发现的呢？”

“今天早上。住院第二天第三天都持续有低烧。为慎重起见追加了血液检查，今早结果都出来了。”

“结果呢？”

“IL–2 为 12900。”

看到大狸先生眉头稍微动了一下。

IL–2，是可溶性白细胞介素二受体，是作为恶性淋巴瘤标志性的检查值。特异性不是很高，但在临床上被频繁利用。

“其他的呢？”

“其他的数据，包括炎症反应，基本上都在正常值范围内。这反而让人觉得不正常，所以马上照了胸腹部 CT。”

“让你抓住了。”

先生忽然笑了。不是平常嘲弄般的笑，而是有些凄惨的笑容。

“你赢了。”

“不是赢了输了的问题，是转移到全身的淋巴瘤。”

“不过是你诊断出来的。要是我可能还要费些时间。”

大狸先生慢慢地站了起来。

“跟我来！”

“去哪儿？”

“那还用说。”他毫无表情，平静地回答，“三三三号病房。”

大狸先生的行为相当过分。

手里拿着胶片走出部长室的大狸先生，笔直走到了三三三号病房，看到病床上的古狐先生醒着，一下子把胶片扔到床上。我根本来不及制止。

吃了一惊的古狐先生，在他的凝视下，平静地取出胶片，一张一张地慢慢看了一遍。这时候大狸先生一直露出目中无人般的笑容，超然地盘着胳膊站在床边。

等他看完按说用不了三分钟时间，可感觉上却非常漫长。

都看完以后，古狐先生抬起头来，用平稳的目光看着大狸先生。

“很严重啊！”

“是很严重。”

“怪不得最近总觉得身体不对劲呢。总是咳嗽，背部疼，有疲倦感还有低烧。要是劳累过度，出现这么多症状还是怪啊……”

听到古狐先生平淡的声音。他那细小的眼睛，看不出和平常有什么不同，就像在说明天的天气一样随便。

“从什么时候开始出现症状的？”

“大约三个月以前吧。”

“傻瓜！”

最后的一句，听起来像是带有哭声，我吃惊地抬头看了一下大狸先生的脸，至少表面上看，看不出任何变化。

“本来就是医生人手不足，你却还做这样的蠢事。”

“对不起！先生。我也没想到会落到这一步。”

不知以前为什么没有注意到，答话的古狐先生眼睛周围，可以看到难以置信般浓厚的疾病的阴影。

“内藤，不管怎样，为了确诊必须要做几项检查。明天做淋巴结活检。几天内把内视镜到PET全部预定上。”

“又要忙乎了。可是，现在我的身体能经得住这些检查吗？”

“别担心，内视镜什么的都由我来做。”

“那更不放心了。最近部长先生忙得厉害，连睡眠都保证不了。”

“就是通宵不睡，做个内视镜什么的不是常事嘛。要是睡得太多手反而不利索了。”

“那是，那是。”

大狸先生豪爽的笑声，和古狐先生平稳的笑声重叠到一起。

我只是呆呆地站立在一旁。

“……怎么能那样沉得住气呢？”

返回医护人员办公室，我吐出了心里的郁闷。

心里有的不是激情，而是焦躁、不安和惊愕这类东西混杂在一起的复杂的、使人感到冰冷的感情。

夜班的护士们大概都在忙着,办公室内没有人影。在房间的一角,大狸先生正在输入古狐先生的病历。还是不大适应键盘的样子，用一根食指咔嚓咔嚓地敲着，像是有些靠不住。眼角上还可以看到平常那样的高傲的笑容。

“就是阿栗，到时候也会沉住气的啊。”

“我可沉不住气，甚至不能理解。”

“我大概也会差不多吧，要是那样的话。”

超然的态度，眉头都没有皱一下。

“不过，没有闲工夫去恐慌、去闹腾啊。我和那家伙有过非常重要的约定。”自言自语般粗声粗气。

几乎是条件反射般从我脑海中掠过的，是古狐先生喝醉后越发青白的笑脸。

“在这个城市里，建一家不管是谁不论何时都可以看上病的医院。”

在酒桌上听到这个话，只是大约一个月前的事。

我下意识地说出这句话，大狸先生粗粗的眉毛动了一下，还是有些吃惊的样子:“怎么你也知道？”

“前些天，偶然在外面遇到副部长先生，他告诉我的。说是自己一直努力履行着重要约定。”

大狸先生又一次笑了。不是平时那种高傲的笑容，而是包含着几分温柔的苦笑。

“内藤那家伙，到现在还记着呢！”

他停下敲击键盘的手，稍微眯起眼睛，又像沉思般地闭上片刻，然后一边重新开始输入病历，一边平静地说：“阿栗啊，内藤和千代为什么没有孩子，知道吗？”

唐突的提问，我当然没有知道的道理。

看到我只是沉默，大狸先生接着说：“那两个还是学生的时候就结婚了，结婚不久就有了孩子。”

咔嚓咔嚓，只是键盘的声音在回响。

“接近临产，马上就要生的时候，千代突然大出血，叫了急救车送到医院里。医院的诊断是因胎盘早期脱离引起的出血。”

一下子让人感到恐惧。

大出血是可能导致死亡的重症。如果妇科不做紧急剖腹手术的话，不仅是胎儿，孕妇的性命也有危险。

“可是，那家医院的妇科大夫不在。到有妇科大夫的医院最近的也要三十分钟以上。那三十分钟的运送过程中出血不止，等到了的时候，胎儿已经死了。”

大狸先生敲击着病历的手，不知什么时候紧紧地握在一起。

“不仅如此，为了救千代做剖腹手术的过程中她又出现休克，不得已做了子宫摘除手术。多亏这样，千代的命保住了，可再也不能生育了。”

真是无情啊！听到他在嘟囔着。

我不知说什么好。可同时第一次明白了一点。

这两个伟大的先生，是真的要改变这个城市的医疗状况，一直在尽力做着。飘然的外貌之下包藏着的，是远远超出旁人想象的强韧的意念。

“再也不要发生那样悲惨的事情，是我们的想法啊。”

大狸先生环视了一下走廊上的病房：“眼前就有无数与病魔抗争的患者，我们个人的一些事情，对于患者来说是没有关系的。连急救车也是每天都会开来，重要的是，”他稍稍眯起眼睛，“没有停下来的工夫啊！”

我的眼里，是凛然而又孤傲的内科医生的侧影。

“……栗……原，喂！栗原！”

突然听到这个声音，我抬起头来，辰也站在那里。

“不要紧吗？看你一直在这里发呆……”

被他这么一说，我缓慢地移动了一下视线，看到墙上的挂钟已经指向夜里十一点。

送走大狸先生，在医护人员办公室坐下来，好像已经过了好长时间。原以为过一会儿心情会稳定下来，可现在脑子里还是一片混乱，理不出个头绪。

办公室的角落里，为明早准备的点滴堆在托盘上，发出微弱的光。夜班的护士们从旁边快步走过。毫无生气的电子病历的光，格外耀眼照射着的荧光灯，所有这些东西，看上去像是奇妙又轻浮的引起错觉的画。

“听说了内藤先生的事，真不得了……”

“不热心的血液内科医生，不是最近也很稀罕地总在病房里……”

“再生障碍性贫血的刚稳定下来，白血病的患者又住了进来，状况不太好。”说着，把手里拿着两罐咖啡中的一罐放到我的跟前，“可是，比起患者来，你的状况看上去更不好，今天最好休息吧！”

“别搞错了，状况不好的不是我，是副部长先生。”

辰也稍微挑了一下眉毛。

“还是累了，把那个喝了回去吧！”

“三十名住院患者就不管了？”

“我偶尔去照看一次，我还有那个余力。”

“家里还有快三岁的女儿等着呢！还说有什么余力。”

担心别人之前先担心自己的事吧！还没说出口，辰也说：“刚才部长先生托我做内藤先生的详细检查。恶性淋巴瘤是我的专业。具体的指示都由我发出，不必担心。”

直截了当地说完，又加了一句：“看到现在的你，让我想起那时的千夏。这样的时候硬撑的话没有任何好处，栗原。”

声音中包含着深厚的感情。

我沉思片刻，终于回答：“我知道了。”

看着辰也出去，与他交替着进入视野的是直美主任。

“大夫，留川的情况有些不好，能稍微看一下吗？”

“……留川？”

“九十二岁的老奶奶，孙七先生的夫人。”

“您精神点好吗！”被这么一说，好容易才想起来是谁。

接过看护日志，看到患者一览的最后写着“内藤鸭一”的名字，心中一下子充满了说不出的情绪，我呆呆地站了一会儿。

“大夫，不要紧吗？看您的样子……”

直美主任说了一半突然停了下来，是因为不知什么时候已经走了的辰也又回来了站在那里。

“栗原，今天就到这儿吧。”

平静但又果断的声音。有些严厉的口气和刚才完全不同。

“后面的事情不要管了，现在就回家吧！”

“……我没问题，平日里都是这么忙的。”

“不是忙不忙的问题。”

“对命运之神毫无道理的做法充满了愤慨，只是让这种情绪搞昏了头脑，不用过多担心。”

自己也不可理解的固执，连珠炮一般的语言，像是无视我的意志不断地飞了出来。

辰也突然闭上了嘴。

沉默了一会儿。

“栗原！”

他平静地叫着我，我还没抬起头，就看到辰也一下子把右手伸了出来。

哎！直美发出短促的叫声。同时，辰也把右手里拿着的罐装咖啡在我头顶上倒了过来。马上，随着咕嘟咕嘟的声响，浓厚的黑色液体流了下来。

温热的液体一下子从脸上到脖子流淌下来，转眼间黑色的印迹在白衣上蔓延开来。

病房里的时间停止了。所有的护士们都静止不动。正在写看护日志的人、正要走过楼道的人、正在清理着点滴瓶的人，她们一齐呆住了，无声地看着拿着倒过来的罐装咖啡的男人，还有被从头顶上浇上咖啡、还呆坐在那里的男人。

“啊，进藤大夫……”

直美好不容易才发出声音，辰也没有转移视线默默地举起一只手制止了她。

“替换用的白衣上次让我用了，病房里没有了，不能这个样子去查房吧，只有回家了。”

淳厚的声音中，包含着似曾听过的反响。

“要不，我来说明一下咖啡因的功效？”

我用有些奇怪的平静心情抬头看着朋友。他口气虽然平稳但眼神是非常认真的。

很快，令人心情舒畅的咖啡香味飘散开来，如同一团乱麻模糊不清的头脑中开始显现出清楚的轮廓。

“真是傻瓜……”

我嘟囔着，辰也的眉头稍微动了一下。

“想不出其他办法，对不起了！”

“不是说你的做法，是说我自己呢。”

我露出一丝苦笑。

同时，辰也也浮现出苦笑。

像是凝固在心底的东西，一下子融化了一般的心情。人的心情好像不论什么时候都是既费解又单纯的东西。

“原以为这样的乱来，只是‘怪人栗原’的专利呢……”

“没办法，近朱者赤嘛。”

“真是嘴不饶人的家伙！”

和我们俩苦笑同时，响起了忍不住的笑声。

我合上病历，慢慢地站了起来。

“平常不大干活的人说交给他，今晚就听他的吧！”

“就这样吧，这样的忙我也轻易不会帮的。”

我转身离开办公室，朝楼道走去。

“辛苦了，大夫。”

隐约听到直美在后面说道。

走进御岳庄大门，觉得中庭有人，我停下脚步。

穿过古梅树下，趟着杂草绕进庭院，看到身穿白色罩衫、深蓝色裙子，衣服上没有任何装饰的老婆。

她在长满杂草的院子里，支上大大的三脚架，在拍摄星空。听到我的脚步声，正看着取景器的老婆抬起头来：“回来啦！阿一。”

刚说完，马上就显出有些奇怪的表情：“怎么会有咖啡的香气呢……”

“最近的本庄医院啊，一不留神就会有咖啡从头上浇下来。没有大的伤害，不用担心。”我装作若无其事地回答道。比起这个更让我感到迷惑的是，照相机的旁边架着一台雪白的天体望远镜。

“天体观测，有些突然啊，怎么回事呢？”

“新接受了夏天拍摄星星的工作。最近光是拍摄樱花，算是恢复疗法吧。”老婆一边在单反相机和望远镜间走动一边答道。很流畅的动作，像是在仔细调整着相机的快门速度和光圈。正是此时非常熟练的手法，才显现出她是个地地道道的摄影师。

我在旁边无意地看了一下望远镜，只见无数的星星，可什么是什么根本搞不清楚。

“我家有这么专业的望远镜吗？”

“屋久杉君借给我的。屋久杉君高中时是天文俱乐部的。”

我觉得有些意外。

“总说自己什么都不是，不是还有些特长吗？”

“我也那么想……”

老婆微笑了一下，把目光转向面对庭院的檐廊，我追随着她的目光，稍稍睁大了眼睛。走廊的一个小荧光灯下，蹲着一动不动的屋久杉君。

在做什么呢？再次睁大眼睛仔细一看，又吃了一惊，他在看书。

昏暗的灯光下，把身体靠在柱子上，纹丝不动地把目光投向手中的书籍，简直像是奥古斯特·罗丹的雕刻作品。

“怎么啦？”

“屋久杉君总是说没意思，每天游游荡荡的。我说要是有时间的话，看看书怎么样！就借给他一本。”

老婆说到这，我明白了。

“把弗兰克[①]的书借给他了？”

“是的。”老婆有些不好意思地笑着。

维克多·弗兰克的《向生命说是》是老婆最喜欢的书。据说过去登山时总是随身携带着，不时翻开阅读。

是本用非常自然的笔法，正面论述“人类”的本质和可能性的著名著作。

“不是本容易理解的书，原以为他可能读不下去……”

“结果远远超出你的预想，他一下子迷了进去？”

“是啊，今天中午借给他的，然后他就一直那样读着，我都有些不安了。”

“阿榛还是了不起啊！”

“什么意思？”

“不是说了不起的意思。是说阿榛是个了不起的人。”

“还是不明白你的意思。”

微微笑着的老婆，不再往下追究了。

又低头看着镜头，按了几次快门。我边看着望远镜边说：“不

① 译者注：弗兰克，1905—1997。奥地利心理学家、精神病学家。重要贡献在于他主张意义治疗，即帮助患者从生活中领悟生命的意义。

过，这么高级的望远镜，就简单地借给你了。只要是阿榛，像是谁也不会防备的。”

“只是屋久杉君比较和善而已。”老婆嘿嘿地笑着。

“我有望远镜，你可以用啊！”她学着屋久杉君的口气说道。那清澈的声音和屋久杉君朴素的性格倒是一致，听起来与其说滑稽不如说让人感到温暖。

我们两人小声笑着，古狐先生那消瘦的面孔忽地从我脑海中掠过，我脸上不由地抽搐了一下。星夜下的老婆像是察觉出什么，黑色的眼睛眯了起来。

“不好的事情总是接连发生啊！”

“……总不能像阿榛想的那样。”

我苦笑着。

“有件事要告诉阿榛，是副部长先生的事。”

“那回房间里说吧。”

说着，她啪嗒啪嗒地收拾起东西。

“不用那么急，先做恢复疗法也行。”

“不，重要的事情必须稳稳当当地坐下来听。”

她熟练地取下相机，将三脚架折叠起来，把望远镜收好。屋久杉君还在檐廊那里埋头读书。

无意中又望了一眼星空，正在向西沉下的室女座 α 星发出明亮的光芒。

古狐先生的诊断出来了。

“淋巴母细胞性淋巴瘤”。

如同预想，是一种高度恶性的淋巴瘤。

告诉我病名的是辰也。

和往我头上浇咖啡那天他说的一样，辰也做出了淋巴瘤诊断所必须的一切检查的指令，而且一项项地落实。对淋巴母细胞性淋巴瘤这样一种比较罕见的疾病，能够很快做出诊断，全是因为有了这个家伙。

“病情发展很快，而且已经扩展到全身，需要赶快开始治疗。”

对辰也压低了声音说的话，古狐先生只是极为平淡地点了点头：“是吗？”先生眼角的肉明显陷落下去，可目光还是那么安详。身旁，千代夫人也不失稳重，端然直立。

古狐先生的病状明显已经开始恶化。最初在病房里倒下的时候，还没有怎么察觉，可一住进医院就迅速消瘦，饭量也不断减少。每天一到傍晚还会发热，有时早上浑身被虚汗湿透。整体上显现出衰弱的状况。

即便这样，对来病房的护士们态度总是很和蔼。到了晚上，悄悄地来到医护人员办公室，打开电子病历，确认自己患者的情况，天天如此。不时会添加些处置意见，还会穿上件白衣到重症患者病房里看望。看到他的那个姿态，似乎只能用庄严来形容。

“化疗，是吧？进藤大夫。”

古狐先生的声音非常坚定。

辰也点了点头。

“明天，进行最后的检查，骨髓穿刺，一旦确认了结果马上开始四剂并用的强力治疗。”

“我心里有底啊，这时候有血液专业的医生在身旁。”微笑了一下，然后说，“我说过拜托给你了，所有的事都交给你定。只是，开始治疗前，能不能稍给我一点时间呢？进藤大夫。”古狐先生用细细的然而清楚的声音说道。

辰也像是有些困惑瞬间睁大眼睛，马上说：“内藤先生，不用特别说明您也明白，现在可不是慢慢来的时候，病情……”

“只要两、三天就可以，一点点时间。”

对话中没有一丝动摇。

春天的阳光，在消瘦的古狐先生的脸上刻画出深深的阴影，仿佛是古代印象派的肖像画。

沉默片刻后，辰也终于又张口说：“像我这样的晚辈，没有资格对先生做出的选择说三道四，可是，如果先生是担心住院患者或是诊疗上的事情，还是请先生不要那样做。”

辰也的语气罕见地严肃。

“先生作为一个医生的同时，首先是一个人，这一点请务必不要忘记。”

辰也平静的声音中，包含着某种含义。

古狐先生第一次睁大些眼睛。

辰也的院内手机铃声响了，打破了瞬间的沉默。辰也说了一句：“马上就去。”挂断电话，朝古狐先生低头行礼后出了病房。

只剩下我和古狐先生、千代夫人三个人安静地待在病房中。

“是位坦诚的大夫啊！”

千代夫人小声自语般说道。

她抬起头望着丈夫，微笑着说：“我一直想跟你说的话，那么清楚地说了出来。是个坦诚的人啊！进藤大夫。”

“千代想说的事？”

“你作为一个医生的同时，首先是一个人。极为普通的道理，却一直没有说出口。”千代夫人一边静静地准备着茶，一边说，“到了这个时候，还是先考虑一下自己的事情吧。你生活中患者的事占了多大位置，我比谁都清楚。”

“千代……”

“三十年了，总是被丢在一旁，我说的话不会错的。”

古狐先生嘴角挂着苦笑。

千代夫人微笑着。

正好在这个时候，门哗的一声开了，大嗓门打破了屋内的沉寂。

“噢，怎么这么静啊，怎么啦？”

带着不合时宜的爽朗气氛进来的，不用说，是大狸先生。

“怎么样？内藤。”

“没有明显变化。刚跟进藤大夫商量晚点开始治疗，他正在发脾气。”

“那当然了。晚一天寿命就要短一天。内藤，患者的事就别管了，早点开始吧！”

爽快地说出不便说出的话。

再看古狐先生，反而很愉快般地晃动着肩膀。只有超过二十年的时间里共同战斗过的战友间才能这样地对话。

“这么忙的时候，怎么啦？部长先生，不用这样担心啊！”

“担心什么的，不合我的性格。只是来了稀罕的探望者，我引导人家过来。”

说着，回头看着门口，那里有一个小小的身影。我还没有来得及开口，千代夫人就叫了起来：“啊！阿榛。”

在门口客气地低头致意的是我老婆。

“好久没见。千代夫人，内藤先生。”

“不用客气啦。怎么到这儿来了？”

“对不起，因为是老婆，不留神泄漏了个人信息。”我回答道。

千代夫人高兴地笑出声来。

“又说让人开心的话了，栗原大夫。谢谢您能来看望，阿榛。我好开心。”

“听说内藤先生病倒了，我吃了一惊……”说着，递过去带来的盒子，盒子上有松本著名西点店的标记。

“啊！奶油泡芙。”

“我想最好是大家都可以吃的。内藤先生也可以吃吧？”

对老婆的客气和谨慎，古狐先生流露出亲切的目光。

“甜的东西我喜欢，那我就不客气了吧。”

“特意拿来好吃的东西，我重新沏茶去。”

微笑的古狐先生，麻利地开始准备的千代夫人，都一下子高兴了起来。简直像是看到了回家的女儿一般。

“喂，阿栗。”大狸先生在我耳边低语道，“不觉得待在这儿有点难受吗？”

“怎么突然说起这个啦？不像先生的作风啊！”

“可是，不觉得内藤也好，千代也好，还有你媳妇也好都那么融洽，只有我俩飘浮在空中吗？”

“先生也许飘浮着，我可是觉得融入其中啊。要是觉得不舒服可以先走，我还打算吃完奶油泡芙再走呢！”

“好无情啊！阿栗。”

话语中多少有些凄凉，可豪爽的笑声还是老样子。老婆觉得有些奇怪回过头来，大狸先生马上换上满面笑容。

“阿榛还是那么可爱啊！嫁给阿栗有些可惜了。”说着，用他那粗大的手在老婆头上怦怦拍了两下。老婆曾和大狸先生见过一面，我们结婚之前曾一起去问候过一次，那是一年半以前的事了。

在先生的手下，老婆的脸稍有些红。

“先生还是那个样子啊。丈夫一直得到您的关照。”

“不用那么客气。倒是我一直得到阿栗的照应啊！”说到这，稍微停顿片刻，又若无其事地加上一句，“总让他忙得难得回家，对不起啦！”

我听到只言片语，不由瞪大眼睛看着。老婆也稍有些吃惊回头看着大狸先生。

可是，大狸先生马上用平日洪亮的笑声打破了瞬间的沉默。说了句："好啦！没有酒精的宴席啊！"笑着坐到床边上。古狐先生取出奶油泡芙，千代夫人则按人数摆放着小茶杯。

老婆看到这一风景，悄悄地看着我。

"都是些亲切的人啊！"

"所以才能干下去啊！"

"是啊。"她回答的声音也是温暖的。

这是个平日的下午。平常喧闹不停的院内手机，只有这一天却反常地保持着沉默。

不好的事情总是成双成对。

留川丰子去世了。

正要开始古狐先生的化疗，一直靠输氧勉强维持着生命的丰子老奶奶，安静地停止了呼吸。看到监控器报警信号跑到病床前的时候，床上小小的老奶奶已经没有了生命迹象。

死亡时间是夜里的十点十五分。

"您辛苦啦！"

我平静地说道。孙七老人脸上稍微抽动了一下点了点头。平常总是傍晚回家的孙七老人，这一天像是预感到了什么，到了夜里还陪伴在她身旁。

确认死亡之后，孙七老人还是一言不发，只是凝视着连呼吸都停止了的瘦小的老伴。

"说想跟丰子两个人再待一会儿。"

我在医护人员办公室的一角填写死亡诊断书的时候，直美主任这样说道。丰子去世已经过了一个小时左右，孙七老人还是不肯从病床边离去。

“再让他们两个人单独待会也可以吧？大夫。”

“没问题。七十年一起走过来，虽说可能是短暂的，可这次不得不要分开了。到他可以接受这个事实，可以让他多待一会。”

直美稍低了下头，然后低着头，带着无精打采的表情，悄悄地环视了一下办公室内。

“怎么了？”

“有些不对头啊！”

简短的一句话，直截了当地说明了病房内的气氛。

与古狐先生的确诊同时，丰子老奶奶去世，辰也负责的白血病患者的症状也有明显恶化，病房中充满沉闷的气氛。特别是御影等新护士都失去了生气，一副沮丧的神情。

“越是这样的时候，越容易出差错，不得不格外小心一点……”

“如果需要，一个一个地给每个新护士头上浇杯咖啡，没准都会精神起来。”

我不合时宜地开着玩笑，直美沉默着没有回答。我抬头一看，意外地看到她露出温柔的笑容。

“只要大夫您坚持住就好。那时候我真不知怎么办才好了。”

“要是夸我浇咖啡做得好的话，不论什么时候还可以再帮忙。”

“开什么玩笑！善后可费了大劲儿了。”

苦笑着准备离开的直美，突然又停下脚步，从远处传来了微弱的歌声。一瞬间觉得像是耳鸣。

那还是歌声。

“木曾的……乘船的人……nan-ja-la-hoi。”

轻松的歌声和缓慢的起伏。是孙七老人在丰子身旁唱的。

“木曾的御岳山啊，夏天依旧很冷。想要送给你棉袄啊，布袜也要给你。”

熟悉的旋律，平静地流淌。那微弱的歌声渐渐大了起来，不久像变成轰鸣一般，传到医护人员办公室来。

只有青白色的夜灯照射的走廊上，流淌着九十五岁老人深切地唱的《木曾节》。绝妙的曲调和起伏顿挫，如同时而靠近时而远去的波浪。孙七老人的歌声不停地响在耳边。

谁也没有说话。

本应前去制止的护士们，现在都停下了手中的工作，安静地听着。住院患者中也有些神经质的人，可没有一个人走出来说什么。

孙七老人送给启程前往另一个世界的妻子的歌声，充满了足以让所有的人为之震动的悲哀。

“他在哭啊，孙七先生……”

我嘟囔着，直美悄悄地低下头，雪白的手捂住眼睛。

三段唱完，歌声停了下来，好久，没有一个人动。走到返回了宁静的走廊上，看到从最里面一间病房的门上露出微弱的灯光。

三三三号。

是古狐先生的病房。

“您还没睡吗？”

我悄悄走进病房。在床上坐起身来的古狐先生微微摇了摇头：“孙七先生的歌声让人心痛啊，是丰子去世了吗？”

我轻轻地点了点头。

把虚弱的身体依在枕头上的古狐先生，看上去像是从未见过般地瘦小。已经看不到千代夫人的身影，在橙色的床头灯光下，先生一个人注视着黑暗的窗外。

隔开我们两人的，不是沉默，而是孙七先生唱的《木曾节》。那明亮的歌声，仿佛仍在远处回响。

“……人一死，就是要跟非常珍重的人分离啊！”

先生突然说了这么一句。

只说了这么一句，然后就靠在枕头上，一直凝视着夜幕包裹着的窗外。只有街灯的光，如同引导到并非这个世上的什么地方去的路标，连续不断地通向远方。

我心里有些不平静，把目光转向床上，先生不知什么时候已经闭上眼睛，发出熟睡般的沉稳呼吸。淡淡的灯光下，先生那纹丝不动的侧影，仿佛是座白色的雕像。

周围只是沉寂。

在这沉寂之中，孙七老人唱的《木曾节》，仿佛耳鸣般一直响着。

悄悄地从病房中出来，看了一下表，已经是夜里十二点了。穿过昏暗的走廊回到办公室，直美着急的声音飞了过来。

“在哪儿了，大夫。”

她压低声音跑了过来。

“您把院内手机放下了，怎么也联系不上。”

“怎么啦？”

“就在刚才，孙七老人……”

看到她那不寻常的神情，我马上迈出脚步。

跟着直美快步走到丰子的病房。进门一看，孙七老人跟往常一样，稳稳地坐在床的旁边。

消瘦弯曲的后背依在墙上，脸一直朝着丰子老奶奶，大家看惯了的姿势。不同的只是，对于走进来的我，没有抬起头来。

“孙七先生。”

我招呼他，他也没有反应。

我轻轻地拿起他的手，已经没有了脉搏。

丰子老奶奶呼吸停止后不到两小时，孙七老人也追随而去。

晃眼的朝日，开始照耀着医院后院的河岸。

清晨七点半静寂的河堤上，黎明慢慢地来临。民宅中栽种的碧桃，在这夜晚和清晨之际，显现着独特的影像和色彩。我被这样的风景吸引走到河边，看到那里居然已经有人先到，不由有些奇怪。

“对工作不上心的男人，对抽烟倒是很热心啊！”

辰也转过身来。

嘴上还叼着烟，苦笑了一下。

“早上好！栗原。脸色可很差啊！”

“你也罢，直美也罢，怎么每次见到总是连呼脸色不好。管得太多啦。”

“听说留川夫妇去世了。刚才去病房的时候御影说的。一直没有回去吗？”

“深夜两点想回去的时候，又有别的患者从床上摔下来骨折了。忙这忙那的时候，性急的太阳又升起来了，真是的，也不考虑一下别人的情况！”

我站到辰也身旁打开罐装咖啡。

“内藤先生的情况怎么样？”

“没有特别的变化，只是不停地说，希望化疗的时间再等几天开始。”

一瞬间，脑子里闪现出昨天夜里像是哭泣一样的先生的侧脸。不是语言可以表述的感觉。辰也小声嘀咕了一声：“是吗？”并没有再多追问。

“你也来得真早啊！夏菜怎么样？”

“保育院的院长考虑我家的情况，同意早点送去。”他回答道。脸上浮现出的是做父亲的神情。然后缓慢地吐出烟雾。

看过河对岸去，前几天还在盛开的碧桃现在已经开始步入凋谢。到碧桃谢了为止住在医院吧！不久前还跟千代夫人说俏皮话，感觉像是好久以前的事情。无意中转过身去看看医院的方向，“哎呀！”不由嘀咕了一句。看我这样，辰也也回过头，睁大些眼睛。

河堤上，有人在推着轮椅慢慢地散步。

轮椅上坐着的是身穿睡衣的白净女性，一个中年有些矮胖的男性在后面推着。坐着的是四贺小姐，推着的是会田先生。看上去相当不协调的两人，可不知什么地方又让人感到温暖。他们抬头看着成排的碧桃，开朗的笑声不时乘着风传了过来。

“点滴像是结束了，看上去很精神嘛。”

“多亏那个叫会田的患者，四贺小姐已经可以正常饮食了。据她讲，经常跟会田先生说话才知道，他是个非常有趣的人。”辰也说到这，像是突然想起来一样看着我，“对了，主治医是栗原吧。会田先生的糖尿病怎么样了？”

“从四贺小姐可以把饭全都吃光以后，他血糖也稳定下来了，不久就可以出院。”

听了我的话，辰也脸上流露出莫名其妙的神情。

他不清楚为了让四贺小姐恢复健康，会田先生做了些什么。

“四贺小姐还不能出院吗？”

“刚刚稳定了下来，估计还要半个月吧。会田先生走了的话，要是不再情绪低落就没什么问题……”

“大概不需要那么担心。”

我用眼睛示意了一下。没有旁人的河堤上，可以看到轮椅上的四贺小姐和蹲在身旁的会田先生，认真地交谈着。不知在说些什么，可看着有些脸红不断用手比划着什么的四贺小姐，和连头顶都红了的会田先生，大体上能明白怎么回事。最初不停地左右摇着红脸的会田先生，慢慢地变成了轻轻地点头。终于，看到四贺小姐把头轻轻地靠在会田先生圆圆的肩膀上。

我沉默地喝着咖啡。

辰也也轻轻地吐着烟雾。

相互间不再说话，沉默了一会。

大概四贺小姐和会田先生都没注意到，两个主治医在河堤下望着他们，靠在一起一动不动。

“偶尔也有些好事啊！”

“什么？”

“那样的风景。医院里不光是有人死去。”

“当然。要是没有这样的事，我们还怎么干啊！”

比起这些事来，我恶狠狠地看了老朋友一眼：“该把烟戒掉了吧？想想夏菜，别再无忧无虑地沉浸在尼古丁什么里面！”

“还是那么严厉啊！”

辰也脸上略微流露出难色，看看手里还有多半截长的七星烟，终于把它按灭在便携式烟灰缸中。

这么简单就做到了？我反而有些奇怪地看着他，辰也的脸上有种清爽了一般的神情。

“栗原，有件事想拜托你。”

“对不起！我可不是那么闲的人。”

“我还没说什么事呢！”

“不用说了，听到了反而难拒绝。”

“这周末，想给夏菜办生日派对，你能来吗？”

我一下子说不出话，辰也有些难为情般地接着说：“一直有些犹豫。千夏也不在，还有那个闲心办吗。可是，正因为现在是非常时期，更想祝贺夏菜生日。栗原也特别喜欢夏菜，所以……”

我慢慢地把罐中的咖啡喝干，然后咂了一下嘴。

“还是很忙吗？”

“忙。忙是忙，可为了夏菜，没办法啊！”我说道。

辰也露出笑容。

“只是……”我又特别告他，“先把眼前这件事办好吧。”

我用目光瞥了一下现在还在河堤上依在一起的两人。

紧紧靠在一起的会田先生和四贺小姐，陶醉般地凝视着朝日。要是不从他们身旁经过回不到病房，经过的话彼此都有些难堪。我们有些进退两难。

辰也把手举到额头看了一下堤防，然后向我苦笑着：“我也正想跟你商量怎么办才好呢。”

我深深地叹了口气。

我再次站在“荞麦屋新道”古老的招牌下，是天气持续温暖的五月底。

上次来这里还没过去一周，可当时院内盛开着的碧桃，现在只有三色的花瓣积蓄在树下，取代它的是花水木[1]开始逐渐绽放。

我和老婆一起轻轻打开拉门，从房间深处传来辰也的声音："这么忙的时候特意过来，对不起了，栗原。"

"要说为了夏菜，怎么也要来呀。光是你邀请的话就另说了。"

"夏菜还是幸福啊！"

他笑着招呼我们到店里。

"按夏菜的话说，你总是面带难色，还总说些难懂的话，可心里还是挺和善的。"

"什么啊，瞎说。"

正不知如何应对，"栗原！"夏菜喊着从里面跑了出来。一下子抱住我的腿，然后向着旁边："还有榛名姐姐。"

"好久不见，夏菜。"老婆用清脆的声音说道。

我爽快地抱起身边的少女，比想象的要沉重，到底是三年的岁月啊。

"病房那边不要紧吗？"

"非常正常，不用担心。"

事实上是非常困难。今天也不知道什么时候会被叫去，只是说出来也解决不了什么问题，世上该怎样还是怎样。

我眺望着屋顶雄壮的大梁，换了个话题。

"今天能吃上你做的荞麦面吗？"

---

① 译者注：原产北美的山茱萸科落叶小乔木，又称大花山茱萸。

辰也望着厨房的方向，点了点头。

“几年没做过了？”

“在东京的时候根本没机会，六年了。”

“可是，女儿过生日的时候亲自给她做手打荞麦面吃，只有阿辰有这个本事啊！”

“并不是那么难的事。”

他站在长长的台子前，用熟练的动作拿起面板和面杖。这家伙做的荞麦面完全可以跟他母亲做的媲美。做学生的时候就品尝过多次，都让人觉得跟他母亲做的同样美味。

他灵巧地和面、抻面的功夫确实地道。看了一眼不知什么时候又依到腿边的夏菜，脸上似乎有点不服气的表情。

老婆问：“是想看爸爸在做什么吧？”

趁势搬过一把椅子，夏菜高兴地爬了上去。

“今天是夏菜的生日，也有夏菜的一份。”

“嗯。”

爽朗的声音在店内回响。

“进藤先生，包裹。”

突然传来很有生气的叫声，接着拉门被打开，露出一个年轻人的脸。

“对不起！栗原。我这里手离不开，帮我收一下。”

“好！好不容易亲自为我们做一次荞麦面，中断了的话味道会变差的。”说着，我走到门口，接下包裹。是个三十公分大小白色的盒子，原来是生日蛋糕，看来是都准备停当了。

我在收货单上签字，无意中看到发送人一栏。

“原来如此！”我明白了。然后将盒子拿到屋内，夏菜马上显示出兴趣跑了过来。

“是送给夏菜的蛋糕。”

“蛋糕！”

她高兴地说道。

“蛋糕？”

辰也却发出感到奇怪的声音。

停下了做荞麦面的手，从厨房里走了出来。

“送蛋糕来了吗？”

“货真价实的蛋糕。没必要那么大惊小怪吧，只要订货就可以送来，如今的蛋糕店。”

辰也歪了下脖子，不可思议般地嘟囔着：“……我记得没有预订啊！”

“你记得没有那就对了！”

我轻轻地打开盒子，取出雪白的生日蛋糕，辰也瞪大眼睛看着。“啊！”老婆在旁边轻轻叫了一声。

沉默了片刻，我压低声音说：“虽说丢了飞车又丢了角将遍体鳞伤，可还没有到终局啊！阿辰。”

辰也轻轻地点了点头。脸上因为兴奋多少有些泛红。他低头看着脚下的夏菜，轻轻地抱起她让她看蛋糕。

“是夏菜的蛋糕啊！”

“夏菜的？”

小姑娘满脸高兴的神情，用手指着蛋糕。

“那里写着什么？”

块状的巧克力上，用白巧克力写着短短的文字。

“嗯，爸爸念给你听。”

辰也稍微停顿了一下，平静地念了出来。

夏菜：

生日快乐！

妈妈

只是一瞬间，辰也的声音似乎有些颤抖。同时，夏菜的眼睛里闪烁出光芒。

“生日快乐！夏菜……”

辰也发出百感交集的声音，用手轻轻地抚摸着女儿的头发。

虽然是后退又后退的一局，可还没有被将死。而且最后关头的顽强反攻，是辰也得意的长项。我也曾有过多次，原以为可以取胜，最后反被他胜出，有过数不清的次数。

“生日快乐！夏菜。”

再一次，辰也用多了些开朗的声音清楚地说道。嗯！女孩也起劲地回答。

好像有些松动了。冻住了的时间逐渐融化，又在眼睛看不到的地方开始了静静地流淌。

“生日快乐！夏菜。”

响起老婆清脆的声音。

像是配合这声音一般，在屋外飞舞的碧桃的花瓣，轻轻地飞进了屋内，飘落在夏菜注视着的桌上。

两天后，古狐先生告知可以接受治疗了。

“这个就拜托给你了！”

早晨巡视病房到了三三三号，古狐先生悄悄地递给我厚厚的一摞纸。

还是相当早的时间，可是身着和服的千代夫人也在病房里。床上的古狐先生坐了起来，在等我和辰也到来。先生脸上挂着从来不变的温和笑容，可那面颊上明显的消瘦，让我心里抽动了一下。

“请看一下！”

我按他说的翻动着看了一下，不由睁大眼睛。

旁边凑过来的辰也也瞪圆了眼睛。

那是古狐先生负责的三十三名患者的病历一览。

不是简单的抄录。从既往史、现状、住院后的治疗经过以及今后的治疗方针，直到患者的性格、家庭成员构成，家庭关系等等，每个患者大约五六张稿纸，写满了规规矩矩的文字，甚至还有细致的插图。

“这个……”

"是有关我的患者的交待事项，终于写完了。"

消瘦的面颊上浮现出温和的笑容。

我有些明白了。

辰也说了出来："您说要推迟化疗，就是为了写这些？"

"化疗开始以后会出现各种各样的副作用，也许会漏下什么重要的事项，所以想先把这些完成。后半部分，是我口述，千代记录的。上岁数人的手腕都险些要得腱鞘炎了。"

千代夫人没有任何自满的表情，始终保持着弥勒菩萨像一般的沉稳。两人没有好好休息共同完成了这么大的一项工程，可并没有露出疲惫的样子。

"我想，虽然要给你增添很大的负担，还是把这些患者拜托给你了。而且……"稍微端正了一下姿势，古狐先生接着说，"请开始治疗吧！不管是抗癌药还是类固醇统统上吧，我和你们一同作战。"

声音虽小，却是发出很大回响的宣战的声音。

先生身旁的千代夫人也深深地低下头去。几乎同时，耀眼的朝日照射进病房，强烈的光线让我们眯起眼睛。

"我们开始吧，先生。"

辰也立即说道。平日里冷静的男人现在毅然提高了声音。他的心情在我也是同样。

"患者的事不必担心，到先生治好病只是短暂的时间，有什么问题吗？"

"栗原大夫，你说的话总是难懂。"

先生的声音和千代夫人柔和的笑声重叠到了一起。

越过先生的肩膀，可以看到缓慢地开始绽放的花水木的树丛。仿佛为激励即将走上险路的我们，提前奏起凯歌一般。

短暂的世外桃源般的生活结束了，世界又重新运转。

五月的春天。

与病魔的严酷斗争开始了。

第四章　花水木

像是大片雪花般的白色点缀着街道。

是花水木。

樱花和碧桃凋谢之后，接踵而来的是这种美丽的花朵。

沿着县道星星点点地栽种的花水木，与蔚蓝色的晴空构成了绝妙的反差。一辆车开过去，刚刚绽放的花瓣随风飘浮起来，落到“乾诊疗所”硕大的招牌上。

“乾诊疗所”位于松本市区稍往郊外离开一点的县道旁边，是座小型门诊部。说它小，也拥有十八个住院床位，在一般的医院里还算大的。镶有瓷砖的三层建筑物，在县道附近的民宅中高出一头，离很远就可以看到。

从诊疗室中眺望着屋外的花水木，我轻轻叹了口气。

“您辛苦了，大夫。”

突然传来关心的问候声，我慌忙直起身来回头一看，一位上年纪的护士，正好走进诊疗室。

“是不是很累啊？”

“不，不要紧。做胃镜的患者还有几个人呀？”

我一边把刚才做的胃镜结果写入病历一边问道。

“今天的已经做完了，大夫。”

“完了？只做了三个人啊……”

“三个人就完了，偶尔您也轻松一下嘛。”

这里有种诊疗所特有的悠闲的时间，护士们也显现出一种温馨、舒适的氛围。和以各种各样的急性患者为对象、不时就要厮杀一场的本庄医院有着很大的区别。

“乾先生马上就到，请稍等一下。”说着，放下一杯茶。

院长乾先生，过去是本庄医院的外科部长，是位非常老练的大夫。现在从最前线引退，经营了这家诊疗所。我刚当大夫的时候，他还做过本庄医院的副院长，从做实习医生的时候起就得到过他的照顾。因为这个缘分，才有了每个月一两次这样的出差，来诊疗所帮他们做胃镜检查。

“哦，阿栗，你那么忙，还总是麻烦你！”

猛地传来粗大的嗓门，我条件反射般地端正了姿势。

推开诊疗室门进来的，是位拥有不次于大狸先生的巨大肚子、毛虫般粗粗的眉毛、嘴上总是叼着香烟、身穿白衣的半老男人。怎么看也不像位医师。正是乾先生本人。

“阿栗能来，可给我们帮大忙了。胃镜什么的真是太麻烦了，我可做不了。”

“您说麻烦，一共才三个人……”

“那也是麻烦。活到这个岁数，已经看够了人的黑心，现在再也不想用什么镜子伸到人的肚子里看了。”

他坐了下来，吐出一团烟雾。

一般来说，不管长得什么样，只要裹上件白衣，都会像个大夫。只是乾先生例外，翻过来倒过去，怎么看都像是装扮成大夫的大阪黑社会。

“情况怎么样了？”

他用大大的眼睛瞥了我一眼，并不是生气还是怎么了，眼神本来就是这样。

“您说情况？”

“内藤的情况啊，好像相当不好？”

他抓了抓剃得短短的头发，又吐出一大口烟。

“您已经听说了？”

“内科的大狸说的，说这次可能够呛。”

奇怪，乾院长给内科部长起的绰号跟我一样，也是“大狸”。不用说只是偶然一致。至少，当着本人面敢叫大狸的，恐怕只有乾先生一人。顺便说句，大狸先生也把乾先生称为“外科的河马大叔”，彼此彼此。

“那个内藤得了淋巴瘤，狐狸也有陷入危机的时候啊。”

“现在，还没有看出那么严重。”

“要看以后，狐狸没有坦率的啊。”他淡漠地说道。

“可是，真让人难以相信，过去总是和内藤两个人半夜里一起查房啊……”又嘟囔了一句，河马大叔叹着气吐出嘴里的烟。

过去在本庄医院的时候，乾院长和内藤先生像是很合脾气，记得几次看到他们半夜里在医疗部里高兴地聊着什么。

“内科的狐狸再加上外科的河马，本庄医院简直像是动物园。”说着，乾先生哈哈笑了起来。

“都不是什么可爱的东西，两个人凑到一起，怎么总像是黑社会在碰头。”

据说这是内藤先生说的。虽然他俩年龄上有差距，却格外意气相投。

“上帝也再有点人情味就好了。有那么多该死不死的，靠着什么胃管啦，点滴啦活着，干嘛非要带内藤走呢！”

“您说要带他走，还没有定呢。”

“啊，那倒是，可是……”

他再次吐了口烟，看他的侧脸，觉得有种说不出的寂寞。虽然嘴不好，可真是个直性子人。

刚才来过的护士端来乾先生的茶。

“院长先生，不要在年轻大夫面前瞎说啊，什么该死不死的，不是医生该说的话。”

“这也不是什么谎话吧。阿栗，好不容易来趟，你也去看看我们的病床，从鼻子、肚子、尿道，伸出一堆管子的老家伙，都是一样的表情，每天一动不动地看着屋顶，能说话的一个没有，可马上要死的也一个没有。还不用说……”他一边用力地把烟捻灭在烟灰缸里一边说，“住院的时候，叫喊着胃管也好什么也好都请用上的那些家属，现在一个月也不露一次面。不过，清静些也好。”

护士用和蔼的笑脸看着乾先生。大概总是这样。谁都知道，即便是为了这些卧床不起的患者，乾先生也是不惜余力。

正好在这个时候，口袋里的手机铃声尖锐地响了起来。我在舒展了眉头的河马大叔跟前接通电话，又是急事。

“必须马上回去。”

“还是老样子啊，本庄。”

他站了起来。

“再来帮忙啊,阿栗。”像是要盖住我回答的声音似的,他又说,“阿栗，有一件事不要忘记。”

突然声音嘶哑了起来。

“人肯定要死的。不管我们怎样努力，人也活不到二百岁。这世上全都在说怎样活着，可认真考虑怎样死，是医生的工作。”

我回头一看，正好和河马大叔温和的目光碰到一起。

“啊，再就是……”像是非常随便地对准备离去的我说，“跟狐狸说一声，偶尔也请他来帮忙做次胃镜。”

和蔼的声音。

“一定转告！”我回答道，鞠了一躬转身离去。

古狐先生又倒下了。

这是直美主任刚刚通知我的。

虽说倒下，可跟前一次的情况不同。这次是坐在轮椅上，和千代夫人一起去休息室的时候，突然失去意识昏倒。

等我赶到的时候，古狐先生已经返回了自己的病房。据直美讲，刚倒下的时候根本没有任何反应。按我在电话里的要求给他做脑部CT检查的时候，意识开始恢复，到返回病房时基本已经恢复到原来的样子。

眼前的古狐先生露出跟往常一样的笑脸。

“今天天气很好，听说从休息室里可以看见常念岳，想起和千代一起去看日出的事情。”

他对着诊察的我，不慌不忙地说道。

“还是学生时代登过一次常念，那时也是跟千代一起……住在常念山上的小屋里，看满天的星星，还看了日出。老早以前的事情，可不知怎么一下子想了起来……”

慢悠悠的声音继续着。措辞还清楚，可不知什么地方还是觉得注意力不集中。站在旁边的千代夫人只是沉默着看着他。心里大概非常不安，可把那些全都深藏在心里，只是有时随着丈夫的声音点点头。

暂且没有什么特别的危险，我确认这点之后悄悄地走出病房。

“情况不好吗？”

在楼道里等着的直美首先问了这句。

“不好是肯定的，只是……”

我看着直美递过来的头部CT照片，皱起眉头。

"至少现在没有麻痹，也没有感觉障碍。而且紧急拍的CT照片上也看不出异常。"

"怎么回事？"

"也就是说，不知道发生了什么事。"

我又一次仔细看了所有的CT照片，还是没有发现异常。

从CT上看，没有出血，也看不到梗塞的迹象。开始恶性淋巴瘤的化疗已经过了两周时间，要说可能是因为抗癌药物的副作用，仅靠我贫乏的知识根本搞不清楚。

"栗原！"

听到稍有些慌忙的叫声，我抬起头，看到走廊上辰也快步走了过来。自己衣服上套了件白衣，大概是在和夏菜一起玩的时候被叫过来的。

"内藤先生的情况怎样？"

"现在稳定下来了。正好想让你帮帮忙。"

说着，我把CT照片递了过去。

"没有任何前兆突然倒了下来，然后又自然地恢复了意识。检查结果没有异常，头部CT也没问题，是不是看漏了什么……"

说到这，看到朋友脸上露出和平常不同的严峻表情，我停住嘴。

"栗原，也许我漏掉了一项非常重要的事情。"

他在皱起眉头的我面前，还是严峻的表情，斟酌着语言平静地接着说："如果是进行期的T细胞性淋巴瘤，是必须注意到的事。要追加一项检查，现在马上做。"

辰也声音低了下来。

“髓液检查。”

说起髓液，是指包含脑和脊髓的液体，是保护人类中枢机能的重要液体。人类的脑并不是稳稳当当地直接安放在头盖骨中。可以认为是悬浮在这种液体之中。

髓液检查本身并非特别困难的事情，只需从腰部附近用细长的针穿刺进去，取出少量液体就行了。

辰也取到古狐先生的髓液后，直接带着我去了检查室。叫来松本技师长，拜托他立即检查。不到一个小时，结果全都出来了。

“中枢神经侵润？”

在小会议室里，千代夫人发出惊讶的叫声。

房间里只有我和御影护士、千代夫人。只听到御影做记录时笔的声响。

“是恶性淋巴瘤的中枢神经侵润。”

听到我按捺住感情的声音，夫人没有发出任何声音，眨动了两下眼睛。不知怎么，这些细微的动作看上去也很美。

“很严重……是吗？”

“现在进藤大夫还在检查科要求做精密的检查，不过，治疗的内容需要变更，要做包括骨髓注射在内的更强的化疗……”

“我丈夫还能有多长时间呢？”

这次轮到我沉默了。我沉默着抬起头，千代夫人沉静的目光凝视着我。

“新的治疗方法，我丈夫的身体能扛得住吗？”

始终是平淡的声音。我没有回答的语言。只是默默地沉下目光。

心里重新浮现出来的，是在检查室里辰也那严峻的表情。他一直看着显微镜，像是冻住一般一动不动。

“是怎样的状态呀，阿辰。”

回答我的，是坐在旁边同样看着显微镜的松前技师长。

“发现髓液内有不应有的细胞。”

“不应有的细胞？”

“肿瘤细胞。也就是说淋巴瘤已经侵入到脑中。”

一瞬间我脑子像是蒙了。

旁边辰也看着显微镜小声嘟囔着：“应该再早些发现啊……”

他手握着显微镜镜头，咬着嘴唇发出的悲切声音。

“想想看，最初在病房倒下来，就可能是因为神经侵润造成的。如果是进行期的高度恶性淋巴瘤，从最初就应该想到的事……”

作为血液内科医生，即便遇到多个难题，也是充满自信的人，如今一点也看不到那个影子。

我摆脱开那个回想，稳定了一下动摇的情绪，抬头看着千代夫人。

“病情严重是肯定的，但不管怎样，调整药物继续治疗。”

千代夫人深深地鞠了一躬，仍保持着和平常一样的平静，稳重地站了起来。

“我陪在丈夫身边。好不容易才有这样的机会，哪怕一点点时间也好想两人在一起度过。”

夫人离开以后，看到送她出去的御影抽泣着哭了起来。

“认输吧！”

部长室里，响着大狸先生的粗嗓门。

那只大手，握着髓液检查的结果。

“没错吧，是内藤的检查结果？”

说着根本不用说的话。

“认输吧……”

“不用重复说，听见了。”

我不禁粗暴地打断他，然后慌忙低下了头。

“……对不起！”

“没必要道歉，我也是这个心情。”

他清楚地说道，把目光投向桌上的X光胶片上。那是和头部CT一起拍的胸部X光片。

“可能过不了一个月。”

平静的声音中透出异常严肃的态度。

X光片上清楚地显现出快速肿大的淋巴结。两周前CT上有反映但X光片上还不能判断，现在只要一张X光片就可以清楚地看到病变。这两周里抗癌药没有起任何作用。

“从今天傍晚起，按进藤大夫要求，改为和骨髓注射并用的化疗。”

“内藤说什么了吗？”

“什么也没说。”

沉默了片刻后。

“即便不说，副部长先生都明白。”

“……是啊。”

小声嘀咕了一句，大狸先生砰地一下坐到部长室中央的沙发上。

他缓慢地从兜里掏出七星烟，不知从哪儿取出了打火机，把烟点着。

“……全院禁烟啊！”

“阿栗，知道常念吗？”

他根本不理睬我说的话，突然问起了这个。

常念岳不用说也知道，是北阿尔卑斯上的一个有名的山峰。

海拔二千八百米，并不是那么高，从安县平原上可以正对面地看到它的雄姿，从过去起就深受松本平原的人们喜爱。

“常念的最高处有座叫做常念小屋的山庄，我在学生时代去过。那是内藤喜欢的山。”

随着他嘟囔的声音，缕缕青烟升了起来。

“常念是内藤和千代最初相识的山啊！”

他盯着慢慢升起的烟雾，像是在回忆遥远的过去。

“我在医学系三年级的时候，内藤比我低一届是二年级。那时，伙伴们筹划攀登夏天的常念。人文学系、工学系、理学系的朋友也有人加入,是个很多人参加的大计划。不大爱活动的内藤也被卷了进去。那时聚集到一起的人中也有千代。他们两个陷入爱河就是在那海拔接近三千米的北阿尔卑斯的山顶啊。”

大狸先生罕见地健谈起来。

外表温柔而内心刚强的千代夫人，总是超凡脱俗又靠不住的古狐先生，像是从一开始认识就相当投缘。据说单程六小时的山路上两人相互帮助着攀登，到了山顶已经萌发出超越友情的感情。当然这是大狸先生主观的表达。

不管怎样，到达山庄的时候，一群朋友共同想出一个妙计。

那是利用住在那里的那天晚上，邀请古狐先生和千代夫人一起看夜晚的星空，然后大家找机会抽身离开返回山庄，只剩下这两个人的计划。完全是一群学生的突发奇想，但取得了不一般的效果。

满天繁星下只剩下两个人。

在那期间他们彼此说了些什么，没有一个人知道。但是，半夜里两个人一同返回山庄的时候，新的一对恋人确实产生了。

“常念还有那样的回忆啊……”

“大概两天前，有什么想做的？我问内藤的时候。他笑着回答：想跟千代两个人再登一次常念。”

大狸先生露出苦笑，可是样子非常难看。

“不可能去的！现在这个状态。”

充满失望的一句话。

“上帝也有心术不正的时候啊……”

一会，大狸先生举起手来挥了一下，像是让我从部长室里出去，我什么没说低头致意后走了出去。

刚走到楼道上，准备轻轻关上房门，突然听到砰地一声，地板都有些晃动，我吃了一惊回顾了一下屋内，原来是坐在沙发上的大狸先生拿拳头重重地砸到茶几上。只见他眼睛睁得大大的，紧闭着嘴，只是砸到桌上的拳头微微颤动。

又一次举起拳头，砸到茶几上。

砰！

重重的声音传遍走廊。

砰！砰！

声音还在继续响着。大狸先生只是毫无表情地连续用拳头砸着。

终于，他停下了动作，只是宽大的肩膀在抽动。

看不到眼泪，可那是哭的姿势。

返回到御岳庄，我带着老婆走了出来，已经快到夜里十二点了。

“去喝酒吧！”

我沮丧地告诉她，老婆什么也没有问，只回答：“好。”

半夜十二点。

这个时间，总去的居酒屋“九兵卫”应该早就关门了。可还是朝那里走去。没有其他可去的地方，心里窝着的火气也没有其他办法释放出来，不能就这样待下去。不是酒店还开不开门的问题。

意识到周围四处都是死的气息。

脑子里总是闪现出不祥的幻觉：平常总是从眼前闪过的死神，这次站在身后泛出冷笑，随他高兴般地挥动着大大的镰刀。也许是为了甩掉那种幻觉，我加快了脚步。

拐过几个街角，穿过昏暗路灯下的小道，终于到了“九兵卫”门前。灯光熄灭着。

当然会这样。可对这当然的事，竟然难以理解般烦躁起来的时候，店里的灯亮了一点。

在有些畏缩的我面前，店门开了，露出了老板那张严厉的脸。

“看到小巷里有走得飞快的人影，果然是栗原先生啊，怎么啦？”一边这样说着，一边把很大的垃圾袋拖出店外。大概已经做完店内的扫除，正准备回家。

怎么回答才好呢？我还在思考的时候，听到老婆明快的声音：“怎么也想喝点酒，不行吗？老板。”

老板吃了一惊。就连我也有些吃惊。

对着已经关了门，而且终于把店内的扫除也做完了的严厉的老板，弱小的老婆却说把店门重新打开，与其说粗暴，不如说有些离奇古怪。

“现在吗？”

“就是现在。”老婆的回答中没有丝毫犹豫。

老板稍有些踌躇，然后问：“这是榛名小姐的希望？”

“是，是我的。”

她露出开朗的笑容，清楚地回答道。

老板有些犹豫，来回看着板着脸的我和微笑着的老婆，终于晒黑的脸上现出笑容。

“要是栗原先生要求的话，我可能要拒绝，榛名小姐拜托的话无法拒绝。正好有新酒进来，要是能跟我一起品尝一下的话，我拿出来。”

“谢谢！”

老婆清脆的声音在黑暗的小巷中回响。

“写乐”。

看到没见过的牌子，我看着老板。

“是会津的酒。栗原先生喜欢‘飞露喜’，我想可能也会喜欢这个。”

本来表面上是老婆想喝酒，可一开始就把我喜欢的酒拿了出来，到底是酒店老板啊。

我沉默着接过一杯。

“‘写乐’的产量很小，是小企业。最近很多地方都是靠产量小的酒支撑着。信州也是，不论是‘黎明前’，还是‘白马锦’，还有上次的‘信浓鹤’，都是好酒吧？”

我点点头，喝了一口。这又是有特色的美酒。

身旁的老婆也“啊”了一声，瞪大眼睛，把手放到面颊上。

甘味适当，现在多数地方都是单纯地追求烈口，这样的酒倒是很稀罕。甘甜的回味令人陶醉。真是格外美味的好酒。

“对不起，阿榛。”

终于说出一句。眺望一下店内，不知什么时候没有了老板的踪影。不用说，是老板故意回避了。

老婆反而露出有些迷惑的神情。

“半夜里终于回到家，什么不说就把你带了出来，编造阿榛想喝酒，可从开始就是我一个劲儿地喝。”

“不是编造，我真的想喝。”

她笑着，用纤细的手拿起玻璃酒壶，往两个人的杯子里斟酒。想起来，这样两个人一起在“九兵卫”喝酒是好久没有过的事了。

“内藤先生的情况有些不好吧？”

我微微点了点头。

像是想赶走郁闷的心情，我伸手要去取杯子，可看到老婆抢先拿起我的杯子，一口喝干，不由瞪大了眼睛。

“阿榛，不要紧吗？这么个喝法。”

“今天，连阿一的份儿也一起喝掉。”

她死死盯着酒杯说道。

“苦酒连阿一的份儿也喝掉，美酒和阿一一起喝。”

她拍着胸脯说：“交给我吧！”响起清脆的声音。

大概是胡乱喝的关系，她白净的面颊已经染成红色。稍有些湿润的眼睛很美。我一直看着老婆的眼睛，同时拿起自己的酒杯和老婆的酒杯，接连喝了下去。

“这样不行啊，阿一。”

“苦酒到此为止，后面都是美酒了，现在重新开始，阿榛。”

我的大声，让老婆稍有些吃惊，马上红红的脸上露出微笑。然后，伸出一根食指。

“那么，我要说件高兴的事。”

“是吗，那好啊，高兴。”

“我还没说什么事呢。”

“只要阿榛说高兴，我就高兴。”

我开着玩笑，老婆回应着轻快的笑声。

“屋久杉君要去屋久岛了。”

这下我有些迷惑了。

“说是读过《向生命说是》，人生观就变了。想每天过得再有点意义，然后就有些坐立不安了。昨天来商量怎样去屋久岛。”

老婆因为工作，去过好几次屋久岛，对那一带的情况确实很熟。

“觉得有点突然稍有些担心，可看到他变了个人似的开朗的样子，连我都觉得有了精神。”

“突然正是健康的表现，不必在意。”

看过一本书，就改变了对事物的看法，这样的事确实有。就是以那样刹那间的感动作为动力飞到什么地方去，也没什么大不了的。不管怎样，屋久杉君还有回来的场所，那就是御岳庄。

觉得肚子深处慢慢温暖了起来，大概不仅是酒的关系。

“期待着屋久杉君写的关于屋久杉的报告啊！”

“不过，”我朝笑着点头的老婆继续说：

“阿榛像是玉匣子①似的。”

“是玉匣子吗？”

“装满了能给别人带来幸福的宝物。”

---

① 译者注：日本浦岛传说中，浦岛从龙宫带回的玉匣。

“是吗？”老婆笑了，泛红的面颊越发红了。

“那么，再说一个幸福的事吧。”

“还有吗？再高兴的话，不就对不起蔓延到了脚下的众多不愉快的事了吗。”

“每天都跟不愉快的事打交道，今天一天让它们躲远点也没关系的。”

老婆充满信心般地清了一下嗓子：“昨天听千代说的。我去病房探望的时候，在睡着了的先生旁边，告诉了我他们最初相识的事情。”

哦，我眯起眼睛。

“是常念的事吗？”

“你知道啊！”

“今天偶然听部长先生说的。”

“常念星空下的表白，真了不起。千代夫人举头望着夜空说：‘星星真漂亮啊！’你猜内藤先生回答了什么？”

“啊，难说。那位先生，肯定会做出轻松潇洒的回答。”

“不。他说：‘星星的事怎么都行，对于我来说，最重要的是你。’”

本要拿起酒杯的手，险些让酒杯掉了下来。从那个超凡脱俗的先生的姿态上看，想象不出他会说出什么。

“据说千代夫人也吃了一惊，不由地说：‘谢谢！’”

我跟老婆都笑了起来。

“她说那真是幸福的回忆。”

“据说问副部长先生现在想做点什么的时候，他回答想再登一次常念，像是还想两个人一起再看一次那个星空。”

“……千代夫人也是同样的想法啊。”

老婆有些寂寞般地眯起眼睛。把视线从手中的酒杯移到我身上。

“登不了了吧？”

“别说登山了，离开医院都很困难，不知什么时候又会倒下。”

“是吗？”老婆的肩膀垂了下来。

“又是笑，又是发愁，像是好忙乎啊！”

忽然从屋内传来说话声，老板走了出来。他站到柜台里，慢慢地将喜欢的茶杯拿了出来。老板喝酒的时候，总是用这个茶杯。

我拿起桌上的“写乐”往茶杯里斟酒。

“在说什么呢？榛名姑娘。”

“常念的星空。”

老婆又返回笑脸答道。

“从北阿尔卑斯山上眺望的星空是最棒的。什么时候想带阿一一起去一趟，可总是忙……”

“阿尔卑斯嘛，确实是绝好的景色吧，可在过去，就是从这条街上也可以看到不比山顶差的星空呀！”他像喝水般地喝着酒，说道，“最近，那些没品味的霓虹灯招牌增加了，轻易看不到那样的景色了。就是半夜里霓虹灯灭掉了，城市正中央那块‘二十四小时、三百六十五天看诊’永不熄灭的更亮的招牌还在啊。”

老板冷笑了一下。

我也露出苦笑。

“是啊，那个确实看上去扎眼。至少七天里灭掉一天才好呢！”

“不行！那可是这个城市最后的要塞。”

老板笑着，端起茶杯。

“为美丽的星空，和栗原夫妇的未来，干杯！”

粗粗的嗓音在店内回响。

搞不清楚究竟几点从“九兵卫”出来的。

至少，三个人把一升瓶的“写乐”喝干了是事实。老板的喝法与众不同，非常坦然地把特上的纯米酒当作水一般喝了下去。

走到外面，只有星星点点的路灯照明的夜路仍很昏暗。

在摇晃着的景色中慢慢迈出脚步，回头一看，发现老婆站在从酒店出来的路中央抬头望着天空。

像是被什么东西吸引着一样一直望着天空，动也不动。顺着她的视线望过去，夜空中有无数的星星。大部分霓虹灯都已熄灭，可以清楚地看到星空。

我低下头来，老婆还是一心一意地抬头望着，我有些担心招呼她：“怎么啦？阿榛。”

像是突然返回了自我，老婆看着我。

一瞬间，啪地跑了过来，一把抓住我的手腕：“阿一，想起一件非常厉害的事！”

清脆的声音传进耳朵。她抓着我的手腕，悄悄地对着我的耳边低声私语。这次是我瞪大了眼睛。

"真的吗？"

"怎么样？"

"总是让人吃惊啊，阿榛。真能那样吗？"

我好不容易才说出这些，可看上去老婆没有丝毫动摇。

"只我们两个人可能不行，要依靠大家的力量，能借用的力量全都用上。不管怎样，那不是阿一多年受到关照的先生吗，我也想做点什么答谢人家。"

看到她闪烁着光芒的眼睛，我只有点头同意。

"你觉得做不到吗？"

"一般来说，做不到。可是，看到阿榛的笑脸，觉得是不是还有希望。"

"干吧！阿一。拜托大家一起干。"

说完，牵着我的手跑了起来。

发出光泽的黑发在风中飘动，不可思议般的兴奋感充满心中。

"贫血还在发展。"

辰也的声音在医护人员办公室里回荡。古狐先生的病历打开着。

"有时意识状态突然恶化，骨髓注射刚刚开始了两天，大概要中止化疗。"

对辰也说的，我略微点了点头。

傍晚六点。快到接夏菜的时间了。幸亏今天病房的患者都比较稳定，大概可以按时去接她，可辰也眉头紧皱一动不动。

古狐先生的病情一个劲儿地恶化。

基本上不能摄食，从昨天起已换成完全静脉营养。移动也完全靠轮椅。

按大狸先生的话说，完全的认输状态。

辰也一只手操作着电子病历，调出最近几天的血液检查结果，调出一张,又调出一张,显示出的都是鲜红的数字,结果辰也闭上了眼睛。

“笑话吧，栗原……”

“虽然说了要把一切手段都用上什么的话，像是很了不起似的，可只得到这样的结果。因为有夏菜和千夏的事情牵挂，做得这么不好……”

“这不是你情绪低落的事。”

听到我的话，辰也依旧低着头。

“假设提前一个月诊断出骨髓侵润，能改变这个状况吗？不是那样的事情吧。”

良心的平静是我们唯一可靠的报酬！

辰也用手指按住眼角，继续说：“我没有资格说这样的话。”

他耷拉了肩膀，再次闭上嘴。

然后就是沉闷的沉默。我慢慢地环视着病房，看见水无阳子和御影忙乱地来回走动，直美还是因为会议还是什么不在病房里。

没有人接近病房楼角落里的两个沮丧的内科医生。

“要是停止了治疗，就没有了我们要做的事吗？”

至少要看到明后天，我问道。

视野的角落里，辰也抬起觉得莫名其妙的面孔。

我把手插到白衣的口袋里，恶狠狠地瞪了朋友一眼。

“主治医生是什么，以前曾说过一次，我们的工作不仅仅是治疗。”

辰也眉头稍微动了一下，平静地开口：“……你在考虑什么呢？栗原。”

“为了副部长还有一件工作没做。”

“一件工作？”

我压低了些声音继续说：“不过，是件相当大的工作，而且成本很高，没有任何报酬。要说起来……”

“不是说只有良心的平静才是可靠的报酬吗？”

辰也盖住了我的声音。

我回头一看，朋友的脸上，不知什么时候已经恢复成镇静的状态。

“告诉我吧，栗原。”

“对过去的事总是耿耿于怀那样的弱者，不得不再想一想怎样做。”

“栗原！”

辰也转过身来看着我。

“我也是内藤先生的主治医生，自己不知道的情况下，别人要对我负责的患者做什么，我可不答应。”

眼角露出微弱的笑意。即便有一点儿不通融的脾气，到了最后关头还是值得信赖的男人。

“真是个能言善辩的男人啊！”

我终于也露出笑容，开诚布公地说明了心里的计划。

第二天清晨，医院后院的河边上。

“哎！讨厌抽烟的人跑到这儿来干吗？”

外村把一只手插在兜里回头看着。在往常的地方抽着往常的菲利普莫里斯香烟的外村护士长，吐出轻轻飘动的烟雾。

“有事想跟外村护士长商量。”

“商量？”

看到严肃的我，外村像是有什么含义般地笑着问道。

“在医院里招呼我一声不就行了，还特意跑到这里，而且是一大早，好像有点什么原因呀。又是人情的事吧？”

“我也没有那么闲，不会总来跟你说辰也那个傻瓜的事。是更愉快一些的话题，需要急诊处帮忙。”

外村脸上露出莫名其妙的神情。

“稍有些花哨的工作，也许会引起上面的注意。”

“什么！像是有点意思啊！”

马上显现出了兴趣，真是个没办法的人。

“我觉得是件有意思的事。”

我也浮现出笑容，平静地招呼她过来。

松前技师长稍动了一下眉头，看着我。

“你是认真的，大夫。”

刚过中午的中央检查部，没有上午那么忙碌，可机械和人掺杂在一起还是相当喧闹。现在也有好几名技师来回走动，看到“招人的栗原”突然出现，纷纷投过来觉得奇怪的目光。

老技师一边吃着作为午饭的饭团，一边单手灵巧地操作着控制盘。几乎不去看画面，在监视器上来回移动的手法，让人觉得到底还是工作年限最长的老资格技师。

“是认真的。希望能够得到检查科的帮助。”

他挠着半秃的头顶，回过头来看着我。监视器上的手停了下来。

“说是怪人栗原还真没错，不像正常人做的啊！”

技师长不感兴趣的态度没有变化。停顿了一下的手又开始了作业。超然的风采，很难看透他的心理。

“不行吗？”

“我说不行了吗？”

技师长把剩下的饭团一口塞进嘴里。咀嚼完了以后头也不回地说了一句。

“小事一桩！”

我平静地低下了头。

直美主任两手叉在腰间瞪着我。

夜里的病房楼里。勤奋的直美，不管白天还是夜里，几乎都在医院。

“真是胡话！”

随着大大的叹息，她扔出这么一句。

面对一直盯着她的我，又说：“从今天早上，看到进藤大夫和砂山大夫在院内转来转去，就觉得他们在谋划着什么。原来是这件事。”

“谋划，听起来感觉不好。只是在私下疏通一下。”

“不是同样的事吗，不管怎么说那是不行的！”

“知道有些勉强。责任由我承担。”

“说什么责任呀！你打算在本庄医院一直干到死？”

“没有那个打算。”

立即回答后我慌忙闭上嘴。直美那漂亮的眉头皱了起来。一个开朗的声音，打破这个险恶的局面。

“我们干吧！主任。”

不知什么时候，御影站到身后。

“怎么啦，连御影……”

“我想一定是非常重要的事情，我也想帮忙。”

对于这个怯弱的御影来说，是很不自然的坚定口气。

看了她一眼，直美平静地说：“御影，进藤大夫说什么了？”

哎？脸色有些发红，明显有些动摇。直美稍微瞪了她一眼：“崇拜进藤大夫没问题，可过于简单地接受下来，以后可要麻烦了。大夫满脑袋装的都是患者的事，根本没有考虑我们的苦处。”

“是、是吗？”

马上脸色发青，惊慌失措起来。像是还没修炼到家啊。这样下去风向可要变了，我马上转向在身后记载病历的水无阳子：“阳子怎么想呢？”

稍稍抬起头的阳子，有些不好意思地回答：“我……觉得可以做。”

“是赞成吧？”

确认了她点头后，怎么样！我又把目光转向直美，她脸上挂着比刚才还吃惊的表情。

“阳子，砂山先生说什么了，是吧。”

阳子脸上红到耳边，不说话了。

终于，直美深深地叹了口气。

“真是的！你说的倒是轻松。”

那双眼角细长的眼睛一直盯着我。这时再跑掉也没有什么意思，只能硬撑到底了。

“病房的年轻护士们都给了很大支持，可你要是不帮忙的话，还是做不成。”

“不要把人说成影子老板那样的，我只不过是个病房主任。”

“不行吗？直美。”

“没说过不行啊。怎么这么些人里，只有我一个做恶人呢。”

她突然往上拢了一下垂到前额的头发，轻轻地耸了下肩膀。

“那么，要什么时候准备好呢？”

我悄悄地伸出两个指头。

“两天后。”

两天后的深夜，我来到南三病房，和往常不同，并不是被谁叫来的。

时间是十二点之前，日期马上就要改变，病房中寂静无声。看到我走进医护人员办公室，在房间里的御影什么也没说站起身来。其他护士们只是沉默着低下头。

我们两个人直接去了三三三号病房。

打开房门，靠在病床上的古狐先生，和站在旁边的千代夫人等在那里。

“这么晚了，你辛苦啦！栗原大夫。”

古狐先生用稍有些嘶哑的声音笑着。

“半夜里，说有一定要带我们去的地方，什么事啊？”

到底是深夜十二点感觉有些奇怪，可古狐先生那和蔼的笑脸和平常没有什么变化。这几天又瘦了一些，面容也有些憔悴，但还和往常一样稳重。

“可以出去了吗？先生。”

“当然。栗原先生特意邀请的嘛。可是去哪儿呢？”

“还是秘密。那么我们出发。”

我微笑着说道。

御影麻利地将点滴瓶转移到轮椅上的点滴架上，然后和千代夫人一起将先生移到轮椅上。像是要甩开那种泰然自若的动作中忽隐忽现的严峻现实，我走出去到了楼道里。

御影推着轮椅，千代夫人跟在旁边，穿过只有夜间照明灯的昏暗走廊，到了电梯间，直美已经停好电梯等候着。

她微笑着向古狐先生致意，什么也没说。

我也沉默着点了点头，乘上电梯，去往一楼。

穿过与夜间门诊楼相连的通道进入旁边的建筑物，再由灯火辉煌的急诊处旁走过，斜视着那里的嘈杂在楼道里拐个弯，来到急救用电梯跟前，在那里等着的是辰也。

“您辛苦了，先生。”

古狐先生来回看着我和辰也，苦笑着：“好啊，进藤大夫也是同案犯吗？两个人一起到底要干什么呢？”

辰也只是以笑脸相对，引导着推着轮椅的御影，走进急诊处的电梯里。

辰也按了楼层表示牌最上面标有 H 标志的按钮。

是直升机停机坪。

夫妻俩看到这个不禁相互看了一眼。

“栗原大夫，看样子像是个大事件啊，有点担心啊。”

古狐先生说着，可觉得他的话里似乎有种期待感。

电梯平稳地上升，终于门开了，辰也先走出电梯。穿过一个门，果然是直升机停机坪。

黑暗的夜色中，在医院的照明下微微闪烁的正方形空间，看上去仿佛一块巨大的魔毯慢悠悠地飘浮在空旷中。

直升机停机坪是在医院的最高层。

六月里温暖的夜风无拘无束地吹过。虽说是半夜里，有病房楼里医护人员办公室的灯光和急诊处的招牌，停机坪上还是比较明亮。

御影推着轮椅，千代夫人跟在旁边。终于走到巨大的 H 文字的中央。

“啊！漂亮。”

发出感叹地是千代夫人。她眯起眼睛，眺望着黑夜里星星点点的灯光。

医院建筑物很高。

最近，松本市区里一些没有什么特色的高层公寓突然增多了，老城的味道正在逐渐消失。即便如此，六层的医院还是很高，从设在它屋顶上的直升机停机坪上眺望，仍会觉得宽阔宏伟。三百六十度的视野中，几乎没有任何遮拦。虽说是夜景，这是个小小的城市，又是这个时间，只有些星星点点微弱的灯光。

“星星也是那么清楚！”

抬头看着天空，千代夫人说道。

听她一说，古狐先生也抬头望着天空，从他那消瘦的嘴角发出感叹的声音。

填满了夜空的，是无数的星星。

北边闪烁的北极星，它东侧的天琴座的织女一，再移动一下视线，天鹅座面对面地朝着天鹰座，像是悠闲地伸展着双翼。西面的天空上，仿佛是谁挥动了一下光的笔，留下了连续的一条光链，从北斗七星、大角星，到角宿一，描绘了一条春天的曲线。晚春的夜空仿佛是光的神话盛宴。

古狐先生在轮椅上发出低低的叹息声。

“在这里干了这么多年了，却不知有能看到这样美妙星空的地方。”

话还没说完，大概正好到了十二点，街上的霓虹灯灭掉了几处，感觉到星星的数量又增加了一些。

沉默了片刻，先生和夫人安静地依在一起眺望着天空。过了一会，先生仰着头小声地说：“谢谢送给我这么好的礼物，栗原大夫、进藤大夫。”

“还没到时候，内藤先生。”

辰也回答道。

“再稍等一下……”

“已经很好了。”

声音中透着温柔、刚强和沉稳。

返回了平静的先生的目光中，闪烁着一种平常看不到的清晰的光芒，他注视着我们。

“这样的身体是什么地方也去不了的，我自己很清楚。”

“可是，先生从常念山顶上看到的天空，绝不是这个样子的。”

听到我的话，像是牵动了过去的回忆，先生眯起了眼。

“……那个星空是忘不了的。是和千代一起看到的最好的星空。满天繁星。真想再看一次啊……”

看到站在旁边的千代夫人的袖角在微微颤抖。那双白净的手不知什么时候搭到先生的肩上。

我看了一眼表，十二点过了几分。把视线移到灯火辉煌的正门，有人正向环形路正中央那块“二十四小时、三百六十五天看诊”的红色招牌跑去。是个裹着白衣的黑大汉。

时钟显示出十二时四分五十秒。

我又把视线转到头顶上。

然后正好数到十秒的那一瞬间。

突然一切全都化作黑暗。

东西南北四栋，亮灯的医护人员办公室的灯光一齐熄灭了。

临床检查楼内原本四处外泄的检查机械发出的青光也突然没有了。

急救中心那耀眼的荧光灯灭掉了，停车场巨大的指示箭头也融入到黑暗中。

然后，正门像是炫耀般伫立着的二十四小时三百六十五天从不熄灭的红色招牌也突然陷入黑暗。

在我们周围的所有人工照明一齐灭掉。一瞬间失去了焦点的我们，陷入了眼前什么都没有一般的错觉。

在那一瞬间的困惑之后。

“啊！”

轻声叫起来的，是古狐先生。

望着天上的先生，在轮椅上扭动着身体。听到砰地一声，是千代夫人携带的小提包掉到了地上。

我再次抬头望着夜空，不由倒吸一口气。

巨大的银河。

南北方向群星组成的大河像是要分割天空。

布满三百六十度视角的满天繁星简直不能跟刚才看到的相提并论。看不到星座和北极星，整个天空仿佛是群星的海洋。

回过头一看，远处东侧的天空如同被美原高原的山脊线、西侧则被北阿尔卑斯群山切下一般存在于黑暗中，连接那之间的是无数光的漩涡以及贯穿那些漩涡、在悠闲流淌般的光河。

脑海中闪现出老婆的话。

“过去可以在街上看到的星空，现在应该也能看到！”

没错！

这才是这个城市真正的夜空。

四处漾出的光汇成小河和瀑布，再汇成大河横断星空的海洋。耀眼的河流散发着灿烂的光芒，覆满天空滔滔地流淌，带着注视着它们的所有人的思念慢慢地流去。

现在只有光和静寂。

谁都是一动不动，在黑暗中站立着仰望着天空。不久，所有的灯又亮了起来。

约定好的一分钟过去了。

病房办公室、急救入口、二十四小时的招牌，所有的地方都像什么没发生过一样返回到原来的状态。仿佛刚才的情景，只是刹那间的幻想，仅仅六十秒的梦境。

直升机停机坪上也突然亮起了灯光，我慌忙眯起眼睛，视野中的古狐先生依旧是纹丝不动凝视着天空。

瘦弱的先生还在仰望着返回到原来模样的星空。那个姿势让人联想到海边断崖上迎风屹立的古松。然而，那棵古松在没有风吹过而摇动的时候，顺着因消瘦陷落的面颊，流下了一缕热泪。

站在身旁的千代夫人，一下子跪到轮椅旁，握住先生的手。先生也像回应一般，用另一只手温柔地抚摸着夫人的头发。

感慨万分下，先生的嘴唇有些颤动。

“千代，这么多年，真是谢谢了……”

说到最后的嘶哑声音，和夫人低声地抽泣声重叠在一起。夫人将先生枯枝般的手放在面颊上，拼命压低声音哭着。正是那个什么时候都保持着风平浪静的夫人，现在怎么也止不住眼泪。

没有一个人说话。

说不出任何话来。

一瞬间的奇迹也好，刹那间的感动也好，在巨大的时光的大河中等同于没有。就像在宏大的天河中，英雄般的星座也不再醒目一样，时光的大河中，人的生命不过是瞬间一梦。只是在这短暂一瞬倾注自己的一切，作为人是可以做到的。

我只是慢慢地转身离去。

早上八点，大会议室里充满了紧张的气氛。

属于本庄医院事务局的会议室，是个有二十多张黑色皮质沙发围着椭圆形橡木桌的豪华房间。正对着上座直立站着的，是我、辰也和次郎。

“究竟是怎么回事，可以说明一下吧？”

从上座传来冷酷的声音。

两个男人瞪着眼睛看着我们，背后是整面的玻璃窗。一人坐着，另一人则站在他的身旁。玻璃窗的对面是朝霞下的美原高原连续不断的山峦，这也是非常少见的美景。

坐在沙发上的老人，是医院院长本庄忠一。

身为第五代院长，现年六十二岁。是个从很早以前就强调医院的实用性，高声宣扬要抛弃徒有其表的医疗，一个少见的杰出人物。正是他，在这样残酷的地方医疗现场，倡导建立“二十四小时、三百六十五天看诊”的医疗体制。像是把头上的头发全都拔下，集中到从下巴到耳边一样的白色美髯,我根据这一特征给他起的绰号是“圣诞老人”。当然只是外观，到了年底他也不会拿来任何礼物。

另一个人，站在圣诞老人旁边的是个小个子男人，刚才说话的人就是他。他目光冷漠，说话没有语调的变化，名叫金山弁次，是本庄医院的事务长，医院排名第二的重要人物。看上去不过是个戴着厚厚的黑框眼镜，一副寒酸样的小男人，可脑袋非常好使。据说过去在东京的什么地方做过财务方面的公务员，特别精明强干，院长才请他来担任现在的职位。

他在就任仪式上的第一句话非常有名。

“各位，医疗能赚钱。”

他走上台去这样说道。脸上没有一丝笑容。

在目瞪口呆的大家面前，他继续坚定地说：“治疗要花钱，要好的治疗更要花钱。我就是要为这个城市提供‘更好的治疗’”。

实际上，自从他上任以后，医院的经营确实从最坏的状态一举变为盈利。多亏有了他，很多器材变成最新式的，病房楼里也变得格外清洁，不论对于患者还是医生，环境有了急剧的改善。还是个有实力的家伙。只是他的做法又确实稍有些强硬，缺乏美的感觉。绰号是“大藏省”，当然不会说出口。

“栗原大夫、砂山大夫、进藤大夫。”

他用冷漠的声音依次叫着我们三个人的名字。

“为什么把你们叫来，知道吧？”

说着，从兜里掏出一个厚厚的记事本。这个被叫作“大藏省的小黑本”，全院职工的弱点全都记录在那上面。

“据说昨天夜里从十二点五分起大约一分钟，发生了全院多个部门一齐灯光熄灭的偶然事故。而且尽管电力系统出了故障，医疗器具都能正常工作。虽说没有了灯光造成若干混乱，对于业务的影响却很微小，是个非常奇特的偶然事故。本医院自开院已经有了近一个世纪的历史，还一次也没经历过这样的事情。”

辰也看着脚下，次郎看着头上，我则看着窗外的花水木。我们站在那里眺望着不同的东西，谁也不说话，只是等着台风刮过。

圣诞老人确实是圣诞老人，也一句话不说。

“大体在同一时间，从急救电梯到本院的直升机停机坪，有人看到了你们几个。深夜十二点去停机坪很奇怪吧。不得不认为跟刚才说过的那件事有关联，你们几个大概是偶然事故的起因。只是问题在于……”

他啪地一声合上记事本。

“虽说有很多的目击情报，哪个都是非常含糊，不是准确的信息。

我们作为负责任的社会一员，请大夫你们自己做出说明。”

重要的地方都预先做好了安排，不会发生致命的问题。只是做了那么大动静的事，要所有的目击者都统一口径确实困难。

这个时候只能沉默着等待大风刮过，次郎却愚蠢地开口问：“不就是停电吗，事务长。”

“很多部门同时，而且只是照明系统出故障，一分钟后又都恢复正常，如果有这样的停电，是怎样一个机制，你能说明一下吗？要拿你的专业举例说，很多患者同时患了胃癌，然后什么也没做，一年后又全都消失了，有这样的事吗，砂山大夫。”

次郎一下子闭上了嘴，他还不依不饶地说：“顺便说一句，有人看到在同一时刻，大夫您在医院正门急救招牌前转来转去。正是二十四小时三百六十五天从不灭掉的招牌下面。关于这件事也请解释一下。”

不用说，完全在人家的掌握之中。

大藏省轻轻抬了一下眼镜框。

“听说大夫们都非常忙，还有半夜里登上停机坪玩的富裕时间吗？不知道去做什么，各位大夫的职责是为患者治疗，这以外的行动希望谨慎一些。”

我一棵棵地数着正面大道旁排列着的花水木，消磨着时间。脸上作出一副老实的样子，心里早就跑到屋外什么地方去了。

这种场合再说什么道理也没有用。不管次郎那个傻瓜，我和辰也始终坚持着沉默，大藏省也没什么办法。

本来我们做的事就位于善恶的标准之外，是非常个人的动机，要让像是整天揣着“医院规定”四处走似的大藏省理解，简直是不可能的事情。

我以超然的态度保持着沉默，谁想到，意外的声音响了起来：“您是说，医生只要做好治疗就可以了吗？”

我吃惊地转过头去，平静地继续说着的是辰也。

“事务长是说，医生的职责仅仅是治病吗？”

“喂！”我慌忙低声叫道，他连看也不看一眼。好不容易数的花水木的棵数这下全乱了。没想到会变成这样。

我还没来得及插嘴，大藏省伶俐的眼睛里闪着光：“为患者治疗就是医生的职责。现在你在说什么呢？进藤大夫。”

“假设病治不好，也有我们能够做的事情，您不这样认为吗？”

辰也的嘴唇有些颤抖。大藏省不容他再开口，说道：“大夫的理想主义没有问题。要是你不能接受的话，我再换个提问。”

“不管有怎样的理由，世上有允许做的和不允许做的事情。在众多人将生命托付于此的医院里，医院职工们串通起来，随意切断电源，这样的事能允许吗？我想问的事情只是这个。”

进攻方法完全改变了。

像是本来胡乱用飞车进攻的对手，突然后退筑起稳固的美浓阵。要是这样的对战，辰也反而无法出手。对着略显狼狈的辰也，“顺便说句，”大藏省的追击毫不留情，“关于大夫您平日的诊疗业务水平，已经有了各种各样的纠纷、怨言的报告。在讨论如何对待不可治愈患者的问题之前，是不是应该先清除掉这些障碍呢。”

辰也的血涌上头来，紧咬着嘴唇。

没有人说话。只是充满紧张的沉默。

辰也略微垂下了眼帘，可又突然毅然抬起了头：“即便这样，我……”

“您是要说，让治不好的患者出去？”

突然会议室里响起了别的声音，盖住辰也的话音。

大藏省的眉头动了一下。

他慢慢转动着那伶俐的视线，确定是我在发言的时候，稍微有些惊奇。

“栗原大夫，连你也要感情用事了吗。上任不久的进藤大夫还好说，大夫您……”

“如果说面对治不好的患者不是医生的职责，我想问问，究竟让他们去哪儿才好呢？”

我平淡地说着。大藏省也不动摇，故意般地叹了口气：“遗憾的是现在的医疗现场，还没有大夫说的那种追求理想的富裕。现在本院病床的利用率经常是百分之百。即便这样，还有很多患者在等着住院。”

“那么，您打算说应该让他们从医院里出去吗？”

“硬要我说的话，是这样。请看一下现实，包括你在内，大家都在拼命地奔忙，勉强支撑着这个地方医疗现场。不论是经费方面，还是人力方面，没有一点余地。前者是我的领域，后者则是大夫们的领域，您也都清楚吧。”

“有些事即便清楚也不能退让。”

“没法跟你讨论。本院没有陪你说废话的闲工夫。”

“有时没有工夫也应该尽力。”

“您是医生吧，作为医生……”

“不是作为医生说的话，而是作为一个人说的。”

响亮的声音回荡着。

终于大藏省不说话了。

圣诞老人的眉头第一次动了一下。

我没有理会，继续说：“我们首先是人，人去世时所在的地方是医院。假如就一个人的生死来讨论的话，是不是应该抛开记事本、利益得失、官衔大小，只作为一个人来发言呢。”

“栗原大夫，你……”

“只是因为态度就笑话我们是无聊的理想主义，笑吧！想笑就尽管笑。可是，要是没有人敢于拥戴这个无聊的理想主义，而且向前推进这个理想主义，究竟有谁还会在这个无可救药的环境中，好好地工作下去呢？”

旁边，次郎和辰也目瞪口呆地注视着我。

现在已经没有制止的声音了。即使制止，也没有机会。

“满员的病床，严酷的工作环境，还有严重的医生不足，这些大家都知道的事情，没有必要特意写到记事本里去吧。比那些重要的多的，是我们还没有丢掉一种信仰：即便在这样严峻的环境中，我们还有很多可以做的事。”

我突然闭上嘴。

“在这个城市里，建一座不管是谁，不论何时都能看上病的医院。”

想起告诉我这句话时，古狐先生那温和的笑貌。同时，又闪现出昨晚先生的面容。所有的照明再次亮起来以后，一动不动地仰望着夜空时的面容。

我喘了口气，然后毅然地继续说：“正是因为有这种信仰，我们才能一天二十四小时一年三百六十五天连续地工作。”

突然平静了下来。

圣诞老人和大藏省都不动了。

次郎和辰也也不吭声。

一瞬间阳光角度变化，正好照射到大藏省的黑框眼镜上，看不见里面的眼睛。圣诞老人挑起眉头，一直注视着我。

最初照射到房间深处的阳光，不知什么时候移动到了窗边。两个巨人背朝着耀眼的阳光就在眼前，只有紧张的静寂压迫着周围。

最终打破这个静寂的，是新的闯入者。哐当一声门开了，飞进来不合时宜的声音：“啊呀，对不起，院长、事务长，我来晚了。”

不用说，是大狸先生。多么紧张的空气也会被狐狸化解，这就是这位先生具备的常人所没有的魔力之一。

大藏省流露出不大高兴的神情，扶了扶眼镜。再厉害的大藏省对大狸先生也没办法。仅次于院长的排行第二的地位在大藏省和大狸先生都是一样的。只是分别负责着经营和临床不同的领域。

“还是那个停电的事吗，搞清楚了没有，事务长。”

“不是搞清楚什么，只是听他们说明情况。”

“情况？没有那个必要吧。事务长，你看，这里那里都拿出来了报告。”

说着，把带来的一摞文件扔到巨大的桌子上。

“报告？”

“这是检查科的松前技师长的，说是夜里使用尚未习惯的特殊检查器械的时候，由于电压的关系，跳闸了。还附上了书面检讨。说幸亏没有影响到患者管理所必须的重要机械，以后要特别加以注意。”

像是要压住想说什么的大藏省，他接着说：“急诊处的外村护士长的，夜里确认急诊处电源系统时，由于操作失误关掉了电源，这个也附上了检讨。”

大狸先生不停地讲着。

厚颜无耻的大藏省有点畏缩。

“可是，病房的医护人员办公室的灯都灭了是怎么回事呢？整个病房楼办公室的灯一下子都熄灭了，不会是人为的操作错误造成的吧？”

“这件事，有南三病房的直美护士主任代表病房护士写的报告。”

他取出一张纸，看着继续说：“只有一行字，‘没有那样的偶然事故’。”

“啊？”大藏省发出发疯般的声音。

连辰也和次郎也瞪圆了眼睛。

大狸先生仍旧是超然的笑貌：“好像是谁看错了。”

就连我也不吭声了。

眼前闪现出片刻思考后，一边缩缩肩膀一边苦笑着的直美。

原来如此。怎么也说不通的话，从最初就别讲什么道理，硬扛过去就是了。到底是沉着冷静的直美，有办法！再加上铁腕的大狸先生演出的狐狸戏，真是铜墙铁壁般的防守。

“说是夜里病房楼里的灯灭了，至少在现场没有确认到这样的事实。实际上，从人工呼吸器到心电图监控器，没有记录到任何问题，只是照明灯灭了，机械全都在工作，没有这样奇怪的偶然事故吧。”

哈哈哈！大狸先生一个人笑着。他颠倒了矛和盾的关系，开始反击。无视哑口无言的大藏省，把目光转向圣诞老人：“院长先生，开始我还以为发生什么事了呢？现在已经大体稳当了，好啊好啊！”

“等、请等一下，院长。这样的话作为一个机构没法下结论。就是让上一百步，不说电的事，半夜里登上直升机停机坪，完全是超越规定的行为。为了对其他职工警示……”

“可以了吧，事务长，什么事也没有发生嘛。”

“不是那样的问题，要不做出某种形式的处罚……”

“你说要处罚谁？”

突然大狸先生的声音低了八度。

我有些吃惊地看了看他，大狸先生微微泛出冷笑的面孔上渗出一股杀气。首先是那双眼睛里根本没有笑意。这种时候的大狸先生最可怕。

“内藤倒了以后，我们病房到了最困难的时期，拼命地支撑着的，正是这些年轻人。对这些应得到称赞的我的部下，要是给予奖励的话还可以商量，哪里需要什么处罚呢？事务长。”

连口气都变了。眼神与其说像个医生倒不如说像是另一个道上的人。

强硬的大藏省，一瞬间脸色变了。沉默了片刻后说：“好啦，既然先生说到这，那就……”

“很高兴事务长能够理解。好吧，事后我会好好训斥这帮家伙的，不用担心。”

又返回了和蔼的表情。

像是要盖住他那张笑脸似的，突然，“部长先生”，听到有人发出平静的声音，是圣诞老人。白眉毛下面的小眼睛笔直地盯着大狸先生。大狸赶紧收起微笑，站直身体。

“世上总有常识这样的东西，要是突破这些常识一个劲儿地讲什么理想，太幼稚，我讨厌！”

声音虽然平淡，可有种魄力。虽然外观上像圣诞老人，可骨子里是精明强干的院长。统率着这样一个忙碌医院的威风并非寻常。

大狸先生安静地等着后面的话，什么也没有回答。不回答有时也是一种战略。

沉默片刻后，白胡子又动了：“可是，连理想都没有的年轻人，我更讨厌！”

胡子下浮现出一点点微笑。

只是这些。

院长慢慢地站起身来，带着大藏省走出会议室。出去之前停在门口回过身来："栗原君、进藤君，内藤的事拜托了。"

说完这句，转身离去。

那时，只是一瞬间显露出的温柔目光，留在我的印象中。

"喂！不得了啊，一止。"

走出楼道上最先说话的是次郎。

黑大汉瞪圆了双眼盯着我。

"那样胡说八道，让事务长大发脾气，不要紧吗？"

"没办法，阿辰那傻瓜，哪怕辞职也要坚持闹到底，我不能不管。"

听到我的话，次郎吃惊地看着辰也。

"阿辰，你真打算辞职？"

"倒也不是想到那儿了，只是，一想起内藤先生的面孔，就一下子按捺不住自己。"

苦笑着的辰也，目光中有种非常爽快的神情，像是附体邪魔已经退去一般。

"你这傻瓜！"次郎笑着说道。

"恕我直言。"我突然打断了他的话。

我粗暴地说了一句，辰也和次郎同时把目光转了过来。

"你到底为了什么特意返回到信州来的？不在东京更好地发展返

回到这乡下，不就是为了和夏菜一起重新开始吗？”

我严厉地看了他一眼，辰也收起了笑容。

“你推翻了原来的理想，受到批评也不退让走过这三个月，不正是因为有你自己的决议嘛。可转眼间感情冲动，就要辞掉不干，那不成了笑柄了吗？那样的决心还是赶紧扔掉，要不我和次郎都觉得丢脸。”我像是发泄般说道。

辰也终于张口：“栗原，我……”

“别说了，进藤。”

突然听到低沉的声音，我们一同回过头去。大狸先生悠然地浮现出笑容站在一旁。

“被事务长劈头盖脸说一通，感到上火的不只是进藤一个。”

听到大狸先生柔和的声音，辰也微微睁大了眼睛。

“不过，阿栗是把那些感情归到一堆扔到垃圾箱里，沉默着眺望窗外。为什么呢？就是对于我们来说，最重要的事不是怎样把事务长顶回去。”

是吧！面对笑着问的大狸先生，我露出冷淡的目光。

“您来晚了，可对刚刚发生的事情还挺清楚嘛，部长先生。”

大狸先生立即说：“是吗？”突然吹起口哨来。

连我眺望着窗外都知道，一定是从开始就躲在什么地方偷看着会议室里。

“大概本来打算说跟自己没关系吧！”

“那样冷漠的说法不好啊！阿栗。不是正好在你们为难的时候上场了嘛。”

“可能的话，您早一点上场，不就不用听那浅薄的演说了……”

“不是作为医生说的话，而是作为一个人说的。”

大狸先生一下子说出这句话来。我皱起眉头，扫了他一眼，正好和他认真地目光碰到一起。

“是句好话啊，阿栗。内藤也说过同样的话。”

唐突的话题，我没有回答。

突然心里涌出一股热流，我做出偏头疼的样子，用手按住额头。可是，像是看透了这一切似的，大狸先生猛地拍了一下我的背。

“从千代那里听说了，干得不错！”

哈哈！响起大笑的声音。

“不过，要是做这样开心的事，从一开始叫上我就好了。那样的话，也没这么多麻烦事了。不是说上司和抗生素就是要用的嘛。”

“没听说过这样的格言啊……”

突然又响起了愉快的怦怦声，那是大狸先生在拍他那硕大的肚子。好久没看到他情绪好时才有的动作。

“那么，后面的事拜托了”，望着和豪爽的笑声一起远去的背影，辰也终于开口说：“栗原，我……”

“要是做令人不舒服的道歉，不如帮我去查房吧。一大早就被招呼来，到现在还一个人也没看呢！”

“当然可以。”

我瞥了他一眼，朋友的脸稍有些红，来回看着我和次郎。

照射进楼道的阳光，一下子照到他的脸上。同时次郎猛地伸出粗粗的手腕，抓住辰也的脖子。

“少说些见外的废话吧，阿辰。你能回来，我也好一止也好，好高兴啊！”

“次郎，别把我卷进去好吗，尽添麻烦！”

“要说也是啊，阿辰。不过，起初最高兴你回来的还是一止呀！”

“是那样吗？”

“当然。”

也许巨汉说妄言的关系，本来装的偏头痛这下成真的了。

“次郎，你现在就去直升机停机坪，从七楼做个无伞降落！”

“做那样的事，能行吗？”

“怎么可能行呢！”

正在大声说着的时候，次郎的院内手机响了。马上接通了的巨汉，黑脸上浮现出苦笑：“说是急救车运来了肠梗阻。我去了。”

说着，迈出了脚步。我们随着他也走了起来。

古狐先生去世，是在那一周以后的事。

松本市街区北部，有个叫作城山公园的小公园。

登上有些陡的坡路走到上面，可以看到沿着住宅区边缘扩展开来的一块空地，就是那个公园。到了春天，公园里成行的樱花树绽放，景色很美。过了樱花的季节，作为安静的休息场所也受到人们的爱戴。

古狐先生的家，就在那个公园附近，有些陡的坡道中间。

“不要紧吗？阿一。”

坡路上，身着和服的老婆稳重地回过头来。

黑色的一越绉绸和服，扎着黑缎子的腰带，非常纯粹的丧服。这样一身打扮的她动作虽然很慢，呼吸却没有一丝紊乱，不停地向上走着。我已经有些喘不过气了。

“还有一点吗？”

“嗯，还有一点点。”

老婆轻快地伸出手来，指着坡道尽头的一个建筑。

是一栋有着旧式大门的纯日式房屋。

无意中一看,门前有千代夫人的身影。面对终于走到门前的我们，夫人深深地鞠躬。

“特意前来，非常感谢。请！”

说着，走在前面带我们进去。

是个有着小水池、五针松，甚至装饰着小小的瀑布，典型的日本庭园。踩着漂亮地拼接在一起的踏脚石，走到正房的外廊，看到有二十叠大小宽阔和室的深处设置着祭坛。

已经点燃着两只线香。

“头七日，现在的年轻人连这个词都不知道。特意赶来，真不好意思。”

响起千代夫人有些凄凉的声音。

环顾背阴处有些昏暗的大房间，又回想起七天前的那个夜晚。

古狐先生的死，非常平稳。

几个小时前还安静地呼吸着，突然像是忘记了一般，呼吸停住了。就连在身旁的千代夫人，也没有立即发现那个平静的变化。

死亡时间是下午二时二十分。

让人觉得，给了我们诸多照顾的古狐先生，连死的时间，都选择了不成为我们负担的白天。

当天晚上守灵。

本来亲属就少，再加上遵照古狐先生的遗愿，基本没有发出通知，肃静地举行的守灵。即便如此，听到讣告的人们，还是络绎不绝地前来吊唁，一直到半夜没有间断。

过去曾蒙先生救过一命的老人，在夫人面前流着眼泪，对先生的早逝感到悲伤。

邻居的中年夫妇，坐在棺木前怎么也不肯离去。

上了年纪仪表堂堂的男性来了以后，不知为什么只是沉默地坐在房间的一角。后来听说是和先生同辈的医师、现在担任着医师会长的知名人物。

深夜里坐着黑色卡迪拉克赶来的乾先生，抛下了像本书一样厚的信封，上面用黑色油笔写着“香奠”。上过香后，在坐在大厅一角的大狸先生肩膀上轻轻拍了一下，一句话没说走了。

有些人不知从谁那听到讣告赶来，又不知如何是好地站立着、坐下来，再悄然离去。

平静的守灵，没有大声的哭泣。也许大家都在心里哭着。所有的吊唁者，都是一样安静地在棺木前叩头，然后离去。

我和老婆帮助没有亲属的千代夫人做守灵的准备、客人的引导，一直在房间里走来走去。千代夫人很过意不去的样子，不过，似乎忙乱反而使她心情安稳一些。

终于客人们都离去，家里完全回归静寂，已经是夜里一点半了。

明月下的客厅里，只剩下先生的棺木和坐在一旁的千代夫人。

不，实际上那个客厅里还有一个人影。

在整个守灵中始终一言不发，一步不动的大狸先生。

身着丧服的大狸先生，仿佛化作一块黑色的岩石，不管谁来谁走，像扎根于那里一般纹丝不动。我和老婆在守灵结束的时候，好容易才想起来他还在那里。

青白色的月光斜着照射进来，笼罩着铺有光洁的榻榻米的客厅。有着美丽木纹的棺木、稳坐在它旁边的千代夫人、然后稍离开一点地方像岩石一般不动的大狸先生，月光深深地刻画出这三个影子。

不知过了多长时间。

送走最后的客人，我返回客厅的时候。突然感觉到动静四处一看，只见千代夫人慢慢地站了起来，听到衣服在榻榻米上摩擦的细微声音。她从棺木的旁边转到正面，面对面地跪坐了下来。

在我们悄然的注视下，夫人用手指撑着身体，把头低向地面。

“这么长时间，您辛苦啦！”

她平静而又有力地说道。

只是这一句话中包含着的无限悲哀、孤独和寂寞，很快就覆满我的全身。我再也站立不住，踉跄地跪到地上。

夫人声音的余韵尚未消失，突然又听到仿佛呻吟一般的低音，正要四处找寻声音的出处，只见大狸先生的肩膀在轻微地抽动。

第二次抽动的时候，听到更大的呻吟声。像是大风吹进深深的洞穴时那种轰鸣声，低沉而又朦胧。

那是大狸先生在痛哭。

几个小时的守灵，先生像是块岩石，像是根柱子，一动不动地坐着，现在猛烈地抽动着肩膀。终于，他握紧拳头，像是要把心中的一切吐出来一样，发出骇人的咆哮痛哭起来。

呜呜，像是从喉咙挤出声音一般哭着的大狸先生，仿佛在榻榻米上爬行一般接近古狐先生的棺木，哇！哇！大声喊叫着，哭泣着，叫喊着听不明白的声音。那叫声也让自己的痛哭声冲走。

野兽般咆哮着的大狸先生，垂着头动也不动的千代夫人。

只是在茫然凝视着的时候，逐渐地感觉到，古狐先生这个人的死去，终于成为了现实。

人的死并非什么事情得到终结，而是一种新的开始。是失去了一个非常重要的纽带。那个突然出现的空洞般的空虚，是什么东西也填补不上的。

老婆摇动着肩膀哭了出来。

我也终于哭了起来。

那个像是刻有梦幻般影像的南北朝向的客厅，现在依然在明亮的阳光下显现出浓浓的阴影。像是什么都没有发生一样保持着宁静。最深处的祭坛上多了一个牌位，挂着的照片上，是非常熟悉的古狐先生的笑脸。

我和老婆走到跟前，燃到一半的线香发出微微的光亮。

“部长先生刚刚来过。”

听到千代夫人的话，我稍稍苦笑了一下。

就在三十分钟前，在本庄医院大门口，看到慌慌张张往出走的大狸先生，“怎么啦？”我一问，“有些杂事。”他笑着说道跳上出租车走了。大狸先生好像有时也向下属说些笨拙的谎言。

我和老婆合着手回头一看，看见刚才出去的千代夫人，捧着一个雪白的栗漆纸包返回来。她轻轻地放到老婆跟前说：

“请收下吧。”

夫人打开包装纸，里面是漂亮的松本茧绸。看到那细致的图案和色泽，我这个不懂和服的人也知道不是寻常之物。

老婆迷惑般地看着她，千代夫人始终非常镇静。

“这是我结婚时，婆婆送给我的松本茧绸。想请阿榛收下。”

“那么贵重的东西，我不能接受！”

对着慌忙挥手的老婆，夫人继续用平稳的声音说：“这是我和丈夫，在那个看到梦境一般星空的晚上商量好的，阿榛。听栗原大夫说了，能想到那个非常了不起的主意的是阿榛。我们想表示感谢拼命地考虑，想起了这件和服。颜色有些鲜艳，我已经不会穿了，他也说请你务必收下。”

老婆有些为难，夫人始终温和地笑着。

“看到阿榛，真的会有像是自己女儿一般的感觉。”

“可是……”

“和服只有穿着才有价值，我曾这样说过，阿榛。”

说着，轻轻地把包装纸推了过来。

老婆也好我也好，只是感到迷惑，正在不知怎么回答的时候，忽然一股清风吹过。

“我觉得阿榛穿上一定很般配。”

听到刮来风的地方有温柔的说话声。

慌忙看过去，千代夫人身旁并无他人。发出声音的，像是照片中微笑着的人。

我沉默片刻，向老婆点了点头。老婆脸上有些泛红，静静地低下了头。

“谢谢！”

夫人露出和蔼的微笑点点头。

“我去给你们倒茶，请多待一会儿。”

看着这样说着离开的夫人，房间里又返回了静寂。

“这好吗？接受这么贵重的东西……”

老婆有些担心般地问道，我当然没有明确的回答。

“刚才，听到先生的说话声，说是和阿榛很般配。”

我也不知如何是好，这么一说，老婆睁大眼睛惊奇地说：“我也好像听到了。”

这次该我感到惊奇了。

“阿榛也听到了……”

我朝着点头的老婆，眯起眼笑着。

“要是那样的话……那就没错了。”

老婆也回应着笑了笑，然后轻轻地甩了下袖子站起身来，像是被庭园的植物吸引站到外廊边，走到向阳处，黑色的和服在明亮阳光沐浴下更为耀眼。

宽阔的日式庭园里，茂密地生长着朝气蓬勃的植物，充满豁达的生机。也许是因为住宅位于高地的缘故，在五针松的对面，可以看到略微有些朦胧的松本市街和远方的松本城，也是非常壮观的一景。

“阿榛，真是和绿色世界非常相称啊！”

拿过茶具的千代夫人，顺着我的视线看着说道。一边说，一边用白皙的双手熟练地准备着茶。没有任何拖泥带水的动作，看上去就让人心情舒畅。托盘边缘上有只瓢虫在忙碌地爬行，一种不可思议般的景象。

“啊……”

听到夫人发出的声音，我返回了到现实。

手里拿着茶杯，夫人浮现出困惑的神情，略微有些笑容。

“怎么啦？”

“没什么，我一走神，又把他的茶也倒上了……”

托盘上，整整齐齐地摆着四杯茶。

“虽然走了，可那以后，反而觉得总在身边一样……不得不小心些啊。”

“是在身边啊！”我能感觉到夫人惊讶的神情，可还是清楚地接着说，“今后也是，先生会一直在夫人身旁。”

听到我充满自信的声音，夫人稍稍睁大眼睛，然后静静地点了点头。

“阿一，”忽然听到明亮的叫声，我转过头去，看见老婆站在水池的一端朝我招手。被她那清爽的声音吸引，我也走到阳光下。

外廊上吹过清凉的风，可一到阳光下，还是感到一股热潮。

“快看！”老婆用手指着的，是一棵直茎的红花。

“虞美人草开花了，漂亮吧！”

跪在地上的老婆身上黑色的和服和脚下的红花相衬，简直像是色彩丰富的日本画一般美丽。

飞舞着的湛蓝色的蝴蝶，落到伸手去够虞美人草的老婆的肩膀上。同时，听到高昂的鸣叫声，那是杜鹃的叫声吧。我抬起头看，看不到鸟的影子，只是清澈的淡蓝色，染遍了整个天空。

季节已经到了初夏。

尾声

木曾山脉中，有神居住的山峰。

那就是御岳。

海拔三千米的独立山峰。在连绵不断的险峻山峦中，海拔超过三千米的独立山峰，还是显得非常奇特。

通往这座神山的路程，即便是在街道整洁、交通手段发达的现代，也决不是件容易的事。从木曾福岛驿站，下了中山道，一个劲儿地往山里走，开车要一个小时。在连续不断的南阿尔卑斯的山岭突然中断的地方，眼前会冷不防显现出充满整个视野的巨大山岳。

《木曾节》中唱的“夏天里依旧很冷”的御岳，滑雪场可以运营到五月初。而且到了六月，山顶附近仍有残雪。即便如此，在山腰附近，白天有清风吹过，就是大晴天，也是非常舒适的气温。要说最舒适的是到六合目附近，要是到了七合目，有时会感到风中带有寒意。

把登山的客人带到七合目的，是御岳缆车。

在海拔二千米的饭森高原车站下了缆车，推开车门接触到外界空气的一瞬间，我停下了脚。寒意还是出乎意料。把目光投向前方，不由眯起眼睛眺望了起来。

在我之前出来的老婆，意识到我停了下来，悄悄地回过头来。天蓝色的防风服格外艳丽，可我的目光却死死盯住前方的灵峰。

“终于来了！”

对她那明亮的声音，我只是沉默着点了点头。

壮丽的风景，仿佛要阻挡住一切一般地伸展开来。

在六合目附近的山腰上感觉不到的威严。

从饭森高原车站仰望御岳的山顶，分成三个山峰。从南侧数，分别是剑峰、摩利支天山和继子岳。这三个庄严的名峰，如同张开的巨大屏风，超然地向左右延伸开来。看不到优美的山脊线，而是更为粗犷的风格。与其说是神山，倒不如说是鬼山更为适宜。剧烈凹凸的山脊上，尚未融化的残雪四处闪烁，和黝黑的大地形成鲜明的反差。

“六月中旬的御岳也还是有少量残雪。”

我一边倾听着老婆清脆的声音，一边艰难地迈开脚步。乘缆车的地方附近还是平缓的丘陵，往前走一点，就进入了像是要包裹住山路一般的岳桦森林。在那森林边上老婆停了下来。从背着的登山包中取出水壶，递给了我。

“在山里喝的咖啡最好喝！”

笑脸在阳光下闪烁。

“嗯。”我点头接过水壶。这会儿，老婆拿出地图又仰望了一下天空，像是在确认着什么。有山路，又有各种指示牌，可看到老婆这些举止心里还是踏实。

登山对于我来说，轻易没有一次，所以只好闭嘴看着。

“从这里登到山顶，海拔高度差有一千米。顺利的话，到剑峰需要三个小时。”

“那就应该算四小时吧！走路的毕竟不只是登过勃朗峰的阿榛的脚啊。我这个微弱的内科医生的脚，只有过走楼梯和地板的经历。”

老婆笑着点点头。这时，乘风传来一阵微弱的念经声。

被它吸引四处搜寻时，看到御岳神社的告示牌。

距乘缆车的地方并不太远，满是岩石的斜坡上，伫立着这座只是由小小的牌坊、几级石阶和朴素的大殿构成的神社。当然，这里不是山顶，御岳山中这样的小神社大概有多处，在迎接着旅途中的游人。

蹲在石阶下轻声念经的，是七八个半老男女。全都是一身白色装束，带着扁柏木斗笠和金刚杖，是四处朝拜的香客。

香客一行朝着一个小小的祠堂，清晰地念经，每个人都很认真。那声音中既有祈求，也有抒情，甚至还有歌声。我和老婆停下脚，听了一会儿那低低的声音。

“是御岳会的人们。”

听老婆说道。

“参拜的人们，都是遥远的过去那种没有任何装饰的打扮，来登这座山。现在这样遗留着纯粹的祈祷景象的场所，在整个日本也不多了。大概御岳远离城市的缘故，和过去一样祈祷的场所现在还遗留着。”

“就像修行者一样啊，个个都那么认真。”

“修行者和御岳会，有一个很大的不同。”

“不同？”

“修行者的目的，是将自己置身于严酷的修行中，实现大彻大悟，因此也不回避接近极限的登山活动。可是御岳会的人们的目的，只是全员顺利地登上山顶。所以，大家慢慢稳妥地攀登，不让一人掉队。”

老婆温和的话音停下的时候，念经的声音稍响亮了一些。

“原来如此。有些温情啊。”

“是的。”

随意看了一眼，我们之外还有几个从缆车上下来的登山者。

半老的夫妇、年轻的情侣、一看就是经验丰富的独行客。这些人分别在神社前鞠躬朝拜，又朝御岳会的人们低头致意，然后消失在山林之中。这一景象像是隐秘着某种不可思议的严肃。只是眺望他们一会儿，心里就像是有股微风吹过。

换个方向看，可以看到遥远的对面现在仍是雪白的乘鞍的山脊，这又是轻易看不到的美景。连绵不断的阿尔卑斯山脉中，大多数山峰已经露出了黝黑的岩石，这座有名的山峰却像是要保持清高的矜持一般，任凭残雪在阳光下闪烁。

“季节是会循环往复的。”

忽然心里响起了这样的语言。

那是古狐先生在去世前几天说过的话。

宁静的清晨，从病房里俯视着成排的街树，盛开的花水木毫不吝惜地随风摆动着那雪白的色彩。

“花草会随着时光变换，人也是一样啊！”

绝不是强有力的声音，可口气非常宁静。

“即便我死了，还有你们在。我现在就是这样想。”

非常和蔼的声音。

先生没有说什么“以后的事就拜托了”这样的话。

我也没有回答。不回答也足以。在只有两个人的病房里，先生非常满足地微笑着。

从那以后还没有过去两周，可心里掠过的却仿佛是遥远过去的回忆。

一起注视着乘鞍的老婆，小心地低声问道：“医院里不要紧吗？阿一。”

“没问题。今明两天拜托给了辰也。可以尽情自由自在。”

这两天的休假是辰也提出来的。

失去了古狐先生的病房楼里明显失去了活力，士气低落到了极点。为了彻底把这种沉闷的空气扫除干净，去呼吸些外面的空气吧！这是辰也的说法。就连不好好干活的辰也也说要好好干，最好还是听从他的意见，不管怎样，返回的时候还是有无边无际的工作在等待着。

“不过，也不是没有好消息。”

“好消息？”

“听说如月给辰也回了短信。”

啊，听到老婆轻轻发出声音。

“不知什么内容，不过看上去似乎有些兴奋。让他多干点也不会有什么问题。夏菜也三岁了，现在相当懂事了。”

“是不是要回来呀，夫人。”

“不清楚是不是那么回事，不过，离开了辰也一段，按理说应该明白了对于自己什么是重要的。如月有些过于认真，本来就是脑瓜好的人啊。”

“阿一好像很高兴嘛。”

怎么觉得声音有些变化，我把目光转向她，老婆像是试探什么一般一直盯着我。

“怎么啦？”

“那是阿一非常喜欢的人吧，一定期待着见面。”

说着，突然转过身去。

“喂！阿榛。”

“开玩笑的。”

望着不知所措的我，老婆若无其事般地说道。

“男爵先生曾说过，作为妻子的职责不只是对阿一温柔体贴。”

“看来你尽受这些性质恶劣的忠告影响。整天画些怪画，他的忠告是不能爽快地接受的，阿榛。”

“没关系。不管怎样，男爵先生担心的不是我，而是阿一的事。”

呵呵，她摇动着肩膀笑了。

怎么搞的！像是老婆和男爵连起手来一样的感觉。

到了御岳山七合目，说起男爵来了，我怎么觉得像是在深山古寺里遇到了凡俗的东西一样。

我轻轻地将手放到额头上，听到老婆温柔的声音。

“阿一，谢谢！”

出乎意外的语言让我抬起头来，老婆只是注视着远方的乘鞍。

“知道你还记得我们在御王顶的约定的时候，我真的好高兴。在那样的寒冬里能跟我一起去就很不容易了。这次又能一起来登我最喜欢的山……我想，如果阿一忙于医院的工作，忘记了所有的约定，只要记住这一个我就满足了。”

“刚下了缆车你就满足，我可为难了，登山不是现在才开始吗？”我正大度地回答着，突然停住了嘴。看到老婆的眼睛里湿润着。

“最近不知怎么有时总是觉得非常苦闷。阿一周围每天有人死去。不管是温柔的人、重要的人、开心的人、出色的人，大家都会死去。守护着他们的阿一，看上去日益疲惫，而我又一点忙也帮不上……”

忽然老婆的声音有些颤抖。

那清脆的声音消失在御岳的风声中，我忽然肃然起敬。

我每天看到逝去的患者感到的那种无力，和老婆的感觉并非完全不同的东西。在这种无形的潮流中，什么事情也做不了，只能站在一旁观看，那种感觉，即便看的东西不同，她也会得到同样的感觉。

我险些看漏了重要的事情。

不可能留住要逝去的人们，那是上帝的领域。但是留意老婆的声音是可以做到的，这是人的领域。

“为了阿一，有什么我能做的事吗？”

她直视着我问道。

我没有回答的语言。不是能用语言表达清楚的问题。

“我，想为阿一……”

正要再说的老婆突然停下了，我突然抓住她那纤细的肩膀把她拉到跟前，拉住她的手，又抱紧了她。老婆在我胸前慌忙嘟囔起什么，管它呢，御岳的神也明鉴。

停了片刻，我松开她。老婆的脸红到耳根，眨动着眼。

“不用讲什么道理。”

我突然大声说了起来。

神社的石阶上，几名白色装束的人奇怪地望着我们。

望着心旷神怡只是眨动着眼睛的老婆，我又提高嗓门说：“今后我会一直跟你走下去的！阿榛。”

过了一瞬，面红耳赤的老婆点了点头。

“好！阿一。”

把清脆的声音丢在身后，我猛地往山路上走去。

老婆慌忙叫住我：“阿一，那个方向不对！”

“三池的方向是那边。”

“三池还是四池倒没有关系，只是我这双脚肯定能走到吗？”

“不要紧！万一你走不动了，我可以背着你继续登。”

“跟登山家一起真是错了。要是真的走不动了，应该首先想如何下山呀！”

"没关系。我想不管怎样也让阿一看到御岳的山顶。"

看到她那还红着的笑脸，不管怎样，我也必须登上这三千米的高峰。那种气魄给了我充分的力气和斗志。

老婆先开始攀登起来。

脚踩在沙石上的声音听起来使人心情舒畅。

我也追随其后开始了攀登。

突然感到动静抬起目光，从落叶松林中，一个御岳会的老人慢悠悠地走下山来。白胡子老人在和我擦身而过的时候，取下斗笠说了一句："请当心点！"

深沉的声音。

声音传到心里，我回头一看，那老人已经灵活地拄着金刚杖，有韵律地从陡峭的山路上降下，只看到逐渐远去的潇洒背影。

我自然苦笑起来。

想起来，人生也许就是这样重复着细小的交接。

只要生下来，早晚会有死。就是这个道理。不仅仅是人类，无论多么漂亮的樱花，季节一到肯定也会凋谢。

在这样没有商量余地的道理中，作为人，接受了什么，再把它传下去，也许这样做本身就是件愉快的事。

"阿一！"走在前面的老婆，像是担心般地回身看着。

"怎么啦？"

"没事！"

我又迈出步伐。

"走吧！阿榛。"

我笑着回应她，老婆也没有多问。

只是清爽地回应了一声好，又走了起来。

清风吹过，老婆的黑发轻柔地飘舞。

抬头一看，天空中闪烁着初夏的阳光，前方的御岳威严伫立。眼前的路上，一束性急的驹草，在夏季的微风中不停地摇动。